禾木

张好好 著

内蒙古人民出版社

图书在版编目（CIP）数据

禾木 / 张好好著. -- 呼和浩特 : 内蒙古人民出版社, 2016.4
ISBN 978-7-204-13993-4

Ⅰ. ①禾… Ⅱ. ①张… Ⅲ. ①长篇小说—中国—当代 Ⅳ. ① I247.5

中国版本图书馆 CIP 数据核字（2016）第 097446 号

禾　木

作　　者　张好好
责任编辑　王　静　段瑞昕
责任校对　孙红梅
责任监印　王丽燕
封面设计　李　琳
出版发行　内蒙古人民出版社
地　　址　呼和浩特市新城区中山东路 8 号波士名人国际 B 座 5 楼
网　　址　http：//www.nmgrmcbs.com
印　　刷　呼和浩特市圣堂彩印有限责任公司
开　　本　640mm×970mm　1/16
印　　张　14
字　　数　215 千
版　　次　2017 年 1 月第 1 版
印　　次　2017 年 1 月第 1 次印刷
印　　数　1—2000 册
书　　号　ISBN 978-7-204-13993-4/I·2690
定　　价　42.00 元

目录 CONTENTS

CONTENTS

为了洁净，一起出发（代序）

贺绍俊

见到张好好，总是一副快乐的表情。但她的这副快乐表情是用来对付钢筋水泥的大城市的，我知道她在大城市里会遇到很多快乐不起来的事情。但她的内心却装着一个辽阔的大草原，她不必用这副快乐表情来对付自己的内心。当她独自坐在电脑前，或拿起笔，也许她就收敛起快乐的表情，全部神思都回到了心中的大草原上。这个大草原是张好好的故乡。她把灵感的种子栽在大草原上，从《布尔津光谱》到《禾木》，都是在这片大草原上开出的鲜艳而又奇异的花朵。

当然每一个作家都有自己的故乡，而且很多作家都以故乡作为自己的写作资源。但张好好似乎尤其对故乡充满了自豪感。她似乎也没有理由不为自己的故乡感到自豪。因为这里的确是一个美丽的地方。她在小说中经常会不由自主地描写故乡的优美景色，会情不自禁地抒发对故乡的眷念之爱。我们读到她的这些文字想必都会受到感染，甚至会有一种要去禾木看看的冲动。禾木，在中国西部的最北端，这里绿草茵茵，繁花似锦，一派迷人的草原景色。这里居住着图瓦人，他们还保持着传统的生活方式，原始的村落与大草原和谐地融为一体。张好好写禾木，不仅因为她留恋那里的景色，而且也因为她忘不了生活在禾木的图瓦人。小说中的一个关键人物娜仁花就是一位图瓦姑娘。故事都在围绕这位图瓦姑娘而展开。图瓦人是一支古老的族系，但渐渐被人们遗忘。他们以

游牧、狩猎为生，勇敢强悍，能歌善舞。据学者介绍，图瓦人是成吉思汗西征时留下的士兵的后裔，属于蒙古人种。如此说来，图瓦人的血管里应该流淌着英雄的血液。张好好让一位图瓦姑娘作为小说的关键人物，显然表明了她对图瓦人英雄血统的肯定。我很惊叹，张好好看似柔软性格的背后还有着刚烈的一面，因此她毫不掩饰她对英雄的期待。在《禾木》中，她将“巴特尔”这么响亮的名字赋予了两个她所期待的男人，一个是真心懂得女主人公的蒙古族男人，他叫锡林巴特尔；一个则是让主人公魂牵梦萦的娜仁花生下的男孩。巴特尔在蒙古语中就是英雄的意思。也不妨将这部小说看成是张好好的一次英雄壮举般的写作。她不是泛泛地抒发一下乡愁，或是晾晒一些童年记忆。虽然这样的写作现在显得比较时髦，不少小说也是靠这样的内容而获得了好名声。但张好好不是这样，她之所以要写一写她的故乡禾木，是因为她在大城市看到了人类的堕落。她要认真理一理这方面的问题。她是要通过一个从故乡走出去的女人的经历和思索来写人类发展史。人类发展史，多么宏大的主题！的确，就是如此宏大的主题。但张好好内心装着一个辽阔的大草原，因此她能够容纳如此宏大的主题。她要告诉人们的是：“整个人类，必将用自己的毁灭，偿还亲手毁灭众生灵这不可推辞的事实，这才是真正的人类发展史。人的心可以坏到见了生灵就杀害。”一方面，她写主人公在大城市的不愉快，主人公的不愉快并不是她在城市混得不好，相反她也可以说是成功人士，但什么是城市的成功？“在霓虹灯和水泥构成的坚硬世界里，做一个硬心肠和没有自然情趣的人，是成功的标志。”主人公不愿接受这样的生活，她更不能接受城市对生灵的亵渎。所以她要回故乡，回到故乡寻找精神的支撑。也就是说，城市的经历让张好好反思故乡的意义，让她重新认识大自然，以及与大自然亲密接触的图瓦人。张好好是一个感性的作家，感性的作家走的是性情，理性的作家走的是思想。在这部小说中，最有感染力的仍是张好好充满感性化的文字，真像森林里饱含着汁液的植物。但当她面对现实问题不得不思考时，他发出的议论同样铿锵有力。比如她说：“英明的老人说，人的贪欲之心如猛虎时，沙尘暴就会袭来。草原上的寸草和林立的楼房，哪个性价比更高？于是人们选择了盖楼。楼房到来之处，森林和草原湮灭，生灵死寂。

生意经，这三个字在中华大地横行了多少年？GDP，可以到此为止了。”这也是张好好为什么要到图瓦人那里寻找精神支撑的原因。图瓦人与大自然的和谐关系，对被贪欲迷惑了的城市人是一支有效的清醒剂。因为“那北极星照耀的图瓦人的灵魂，携着信仰”。

《禾木》的叙述也很特别，张好好采用了第二人称叙述。从讲故事的角度说，第二人称叙述很不方便，这是作者自讨苦吃吗？一路读下来，也就明白了作者的用心。这是一种对话式的叙述。张好好与她的内心对话。或者说是一个生活在大城市的张好好与她内心辽阔的大平原在对话。小说中的“你”代表着两个张好好，一个是现实中的张好好，一个是沉湎于内心的张好好，我们必须仔细阅读，才能把握住两个张好好的转换。那个内心的张好好，指责现实中的张好好，被城市污染得不再洁净了。洁净，是让张好好特别纠结的一个词。也许在她看来，这个世界变得越来越不洁净，也包括她自己。因此她要通过与内心的对话来进行自我反省。但与此同时，张好好也明白了一点，我们不能过于为了过去而自责，重要的是今天我们能不能重新开始。这也是她要写《禾木》的唯一原因：“你爱的喀纳斯和禾木是独属于你的，友谊峰下的层层叠叠，艾蒿阵里虫的嘤嘤如幼小的孩子在欢笑，站在漫布的溪水里，月光盈盈地投射下来，芳香在傍晚的金光中蓬勃，如菊如草药的香气弥漫整夜，能够治愈你，洗涤你，安慰你。”小说的结尾是，女主人公将这一切想明白了以后又出发了。“你喜欢洁净，你崇拜洁净，总有一天，洁净这个单词能不吓着你。”那么，就让我们为了世界的洁净，也跟着张好好以及小说的主人公一起出发吧。

1 东山月亮

艾蒿那么高，溪水那么清，木头房子是明黄色的，被亿万只草虫的呐喊包围，月亮在东山升起。那个充满魅惑力却纯洁的少妇的脸，和东山的月亮一样美，仓央嘉措如是说。

你不知道为什么，年轻时会那样荒唐，那几年断断续续进山三四次，次次的晚饭都要喝醉，及至走到夜色的山谷里，天已经完全黑了。你所要寻觅的那个人呢？

你每次居住的风景区的酒店，离他们的部落不远。其实你只要徒步走，也能走到，只是每次上山下山匆匆，为着某种伟大的事业。现在看来就是个笑话。伟大的事业只能是自己的良心和最终的爱情，还有纯洁这个单词，这个随时能把你掐死的单词。

那年夏天，你在清晨的困顿和金色的朝阳的光里，打听“那个少妇”。回答问题的“对方”略愣怔一下，便仰天大笑起来。这个男人头发乌黑，中分，穿 JEEP T 恤，黑裤子，黑皮鞋。

他的笑令你惶恐，哪里出问题了？“对方”停止了大声的笑，嘴角浮起了不屑、调侃和讥笑，你预感到一种危险。来自人类的危险，你遇见得太多。你天生就敏感，善意和恶意都逃脱不了你的身体辐射出的磁场的接收和判断。

你不再发问，紧张地看“对方”究竟怎么说。

“对方”说，确实有这个女人，就生活在“禾木”。然后这个男人接着说，“如果她年轻二十岁，我也会去与她幽会”。

也，这个字眼，让你在那一瞬间坍塌了。

艾蒿满山谷都是，它们一根一根挺立，最喜欢夜晚月亮浸润的溪水。它们比你圣洁。你匆忙下山，不再追问一个叫“娜仁花”的女人的下落。

其实你既然打听到这个女人就在禾木村存在着，你尽可以晚下山一天，徒步去那座村落里寻找，这个东山月亮般的少妇。当然，你所要追寻的，是二十年前的她。但无论她在青年、壮年还是老年，这其实一点儿都不重要。她就是她，是你要寻找的情感的依存。偎依上去，看她煮茶，用洁净的目光打量你，注视你。是的，她的目光一定是洁净的。你对人类厌烦透了。那一套俗世价值观，够了。她看着你，想起了一些事，那些年，她很苦。但是都过来了，孩子成家的成家，读书的读书，丈夫和孙子在她的身边，为她放牛牧羊。她和别的妇女一起跪在木屋门前的空地上擀毡，雪白的羊毛毡，用很大的力气和欢笑。她仰起脸笑的样子，真美啊。

但是你，没有去找她。匆忙下山，混入红尘，得你所得。那些伟大的事业，你在抑郁症来袭的时候，只想唾弃它们。

2 蒙古族男人

在和布克赛尔大草原，高速公路穿过去，梅花鹿的身影消失了一百年了。人类进程的关键的一百年，文明到来得这样迅疾，大地的腐烂来得太快了些。成吉思汗的三子窝阔台，曾是这里的王，这里的大地归属于他，在草原兴旺、不曾衰落的世代，许多地名在阿勒泰是蒙古语。和布克赛尔，是小鹿的身影在茂盛的草丛一闪而过的意思。

他在公元2000年的初秋的傍晚，坐在这座小镇的水泥马路边，用着草原上的男人们惯常的姿势，手撑着膝盖，裤管落在有浮尘的鞋上，眯起眼睛看来往的车辆。这些车的后斗上满载着黑色的煤块或者静默的牛羊。

他不是这里的人。他和这里唯一的关联是，他是一个蒙古人，而和布克赛尔是蒙古自治县。但是即使他是蒙古人，这里并没有他的亲戚。他从内蒙古过来，这里和呼和浩特所在的位置在一条纬度线上。成吉思汗当年西征的方向，他坐飞机顺着这弧线晃悠悠重走了一遍。

去做什么？你问他。你们在北戴河相识。他在人群中那么不显眼。你在人群中也不显眼。你们的眼睛都近视，做和文字有关的工作。很巧的是，你们分别责编过同一本书，他责编的是蒙古文版，你责编的汉文版。

大部队坐游轮入海，你们在岸边的木头长凳上坐下。他点起一支烟。你们看着海面。他说，那一年，我的朋友去阿勒泰，他也是一个蒙古人……

他停顿了一下，仿佛是为了咳嗽。接着说，我的朋友出车祸死在了那里。

那里，说的就是和布克赛尔。他去善后。他为了他的朋友的死，必得动身从内蒙古前往阿勒泰。那个朋友就埋在了当地。茂盛的草海里，小鹿惊鸿一瞥。这是你想象的。人把九色鹿出卖后，这个世界灵兽就绝迹了。

他看着辽阔的黑色的海面，那眼神是特别的，盛着草原之子才有的深情，所以显得空蒙。圆脸，方腮，平唇，单眼皮的温柔的眼睛，说话声音轻柔，嗓音里带着某种有遗憾意味的宽厚。他用悠长的声音说，后来的几年，都要去一下，看看他的墓。

你的鼻子发酸，喉咙哽咽，眼眶发热。问他，你是怕他寂寞？

他说，是的，他毕竟没能再回到家乡……但是，那是一个河流遍野的大草原，蒙古人很多，埋在了那里，也没有什么不好。

你们自北戴河分开之后再也没有见面。你记得你们从木长凳上起身，穿过一片花海，去和大队伍集中。那花是格桑花。你从小把它叫作蝴蝶花，像蝴蝶的翅膀，那花瓣，翻飞着，深紫色，雪白色，粉红色。你出生在阿勒泰山的布尔津县，县里家家户户的小院子里都种格桑花。

那个禾木的女人，你曾经试图寻找她。你小心地请小妹妹问母亲那女人的下落。小妹妹笑嘻嘻地问了：说是后来嫁人了，去了和布克赛尔。

5 西天山

一座极其洁净的城。在西天山深处的一个大平原里。有人从小机场里出来，就是那拉提大草原，穿过一壁壁山，河谷在视线里，次生林——你总叫它们杂木林，异常繁茂，因为树木不高大，反而令人亲近，可以在其中搭建帐篷，生火做饭，洗衣，在月光下洗澡，在洁白的砂上说一夜的话。再穿过一片六月盛放如火的红花地，如果是七月，薰衣草地紫色冲天，五月里油菜花那金黄，反正你总会遇见，打盹的时候，它们细密地呼喊着就过去了，留下了摇摆的小手，扪住你的心。

在中原大地待久，会被无数的下水管道窒息。大家活在概念里。比如一句宣言，就糊住了所有的不洁净，黏稠。于是大家坦然地说，瞧，我们多文明。然而你当然知道，这都是概念，大地已经腐烂，尤其是中原的大地。没有哪一座城市有西天山那座城那样的洁净而人心有古了。

那座城令你辗转想念，尤其是抑郁症难熬的时光段落里。

你打电话过去，她是一只小鹿，活得坦然洁净。又是洁净，这辈子你非要被这个单词掐死。她真漂亮，个子高挑，还穿高跟鞋，瘦的时候真美，在照片里的侧面的脸，单眼皮，更显灵魂洁净，平滑上扬的唇，写着骄傲。

你对她说，我要回来，回来，回来。

她说，真的吗？她一跳老高。她在你的记忆里就是这样，欢欣大笑，蹦跳轻盈。可是她又说，你总说回来，总也不回来。你说，这一次，一定要回来，管它天热天冷，花有没有开。

她有一个好夫君。戴眼镜，写诗，管理种地的连长。他们是诗友，是同乡，在网上相识。她 25 岁坐火车出远门，从中原某地，那地也在腐烂中，从那地向玉门关猛冲，过了那关，她似乎就不再是从前的她了。她虽勇敢，也惶惑过吧？你私底下想。他们结婚了，在大平原上的一间楼里。她腕上的银镯子亮闪闪。新家的窗帘是碎花的。然后他们会有一个小婴儿，婴儿一晃一晃在他们的胳膊里长大。

她在大平原待着，这大平原是成吉思汗二儿子察合台的封地。一辈子哪里都不会去，仿佛就是为了让你对那所城有个念想。如果她不在，你大约就不会再回去了。她在，所以，可以称为“回去”。你说，我来，到处走走看看吃吃，夜里就住你家。你恍惚觉得她的家就是你的家。你把行囊一放，钻进浴室，然后仰躺睡。那座城的星辰格外美，它们一笼罩你，你就踏实了，洁净了。

留在记忆里的那座城给你的温暖的画面，是一间用塑料布围裹的小屋。夜市，雪在外面飘飞，喝酒的人们，桌子上腾腾冒气的是面肺子。西域的一种小吃，吹气的肺灌入调好佐料的面糊，膨胀成结实的一个大团，煮熟，切成一片片，浇上蒜末、辣椒和醋。外面是风和雪，还有一轮大月亮，月亮的清辉洒下来，和着白雪的白和清香的雪气，你就像来到了月宫里，那么洁净啊。哎，洁净这个单词有一天非要把你掐死。你坐在小条桌边，厚厚的大衣，脚边有火炉，你的手时不时凑去火那里烘烤一下，捉住筷子，吃一片，又一片，清脆甜香滋润的面肺子。夜市的老板娘总是胖的。

你对面的男子，是这个大平原里的男子，他欢迎你的方式是回自己家的地下室搬来一箱伊犁的红苹果，在电话里请示了夫人，夫人庄重地同意了。

他的第二个欢迎方式是请你吃夜市里的面肺子、烤肉和卡瓦斯，他的第三个欢迎方式是请你去一家著名的哈萨克奶茶馆喝奶茶、吃油香和马肠子。你披着月光抱着夫人批准的苹果箱回到“单位”。是的，那段不长不短的岁月里，你住在“单位”。风雪关在外面，你却觉得更孤独，不如走在风雪里，时不时摔一跤更好，膝盖疼，胳膊疼，眼睛冻得生疼，那样你才知道自己还存在着。

这个把一箱红苹果交给你的男子对你说，你迟早会离开。

你微微笑，回问他，那么我会去哪里。

他说，你去北京。

为什么。

只有北京适合你，好比……

他张开手用一个大大的怀抱表示大这个意思。他说，就好比一个池塘装不下你，能装下你的必须是……

你说，一条大河。

他说，对。

你说，我不要江，也不要海，你知道，它们全都是黑色的了。

他是唯一预见到你还会马不停蹄继续走下去的人。你在那个雪花在玻璃窗外探看你的冬天，啃一口甜苹果，想你的未来。那可怕的未来，你何尝愿意就这么马不停蹄。迟早得累死。你是悲观的。

还有别的欢迎方式。两个西天山男人在水塘边钓鱼。不，准确地说，是他们中的一个负责钓鱼。水塘废弃了很久，里面的鱼从如影子的鱼苗开始长大，鱼苗来自大河。那河太大了，又有名，叫伊犁河，林则徐称它为伊江，往西边流。全中国还有一条河也是往西边流，那条河叫额尔齐斯河。它们在夕阳下金红而粼粼，快乐的冰川水和雪水，扑入欧亚大陆的接壤处，然后就走了，去了青草繁茂、森林里挺立的城市，那里的人们当然热爱它们俩。如同中国双生的一对姐妹，或者兄弟，它们鲜活的生命，没有死去。这多庆幸。

他们中的一个在池塘边认真钓鱼。你看见那池塘是半个篮球场那么大，塘水混浊，仿佛昨夜的雨水灌了一夜。钓鱼的人微眯着眼睛，太阳已经彻底升起了，金色的光挥洒在原野上。对，这是一片原野，土坯房的前院有一口压井，打理得很平整的淡黄色的土院子，鸡走来走去，灶台就在门前，紧贴着房屋的墙，几间小小的屋子张开着进入的路径，你掀半旧的门帘进去，看见一地破旧的鞋子，和随意搭放的落满灰土的衣服，有那么几本书斜散在地上。你没有去翻看。

灶台边是柴房，放着从河谷的次生林里拖回来的嶙峋的树干枝。这片大地，分支的河流遍野，最后都汇入伟大的伊犁河。你不得不使用伟大这两个字。如果大地上还有伟大，这两条河当之无愧。另一条河指的是你的出生地的那条河，额尔齐斯河。

他们中的另一个去捉鸡，然后是割颈。你不想去看，也不愿听见那挽留生命的绝望咯咯声。你去村里的农贸市场买菜。你蹲在地上挑选西红柿，芹菜，滚圆的硬绿辣椒，黄瓜，香菜，葱姜蒜，干红辣椒。你心里琢磨着他们要做的菜式。

他们一人做一个菜。钓鱼的自然炖鱼。千滚豆腐万炖鱼，那硕大的鱼在井水里煮出香气，红色的辣椒皮翻滚着。你从柴房里挑选合适大小的柴，塞入炉膛。宰鸡的自然炒鸡。鱼用大搪瓷盆装起，撒上香菜，端到里屋的圆桌上。炒鸡的人用一种极其认真的神情。炉火的烟窜出来，辣椒的辣四射出来，你去压井那里压出一大盆清冽的水，毛巾蘸湿，递给炒鸡的人，递给做鱼的人。你们三个都默默地，几乎不说话。

后来主人回来了，骑着摩托车，穿着下地用的胶靴。灰褐色的汗衫，裤子上当然粘着泥。脸上和胳膊上，也有灰土和太阳光晒上去的印子。他和他们打招呼，也对你微笑一下，你回应笑一下。他们三个是中学同学。大约这个池塘这么多年来实在够棒，他们俩每年夏天都要来一次，自己来，自己挽起袖子做想吃的菜式。这位同学到压井那里把自己洗清爽，又去了最里的屋子换衣服，白色西裤，淡灰色半袖T恤，浅棕色凉皮鞋，他这样一身扮式走出来，令你不敢认。他说，你们自己吃，在我家里一切随意。他要去赶赴一个婚礼，乡村里的婚礼。他把自己打扮得非常帅气，口袋里有工整装好的贺礼。然后骑上摩托车，嘟嘟嘟的马达声在田野的小路上，消失不见。

你们喝白酒。伊犁特曲，或者大曲，或者佳酿。反正都是伊犁河水和伊犁河谷里的麦子酿造的。一个小小的玻璃盅，你端起来，一饮而尽。你没有理由不喝干它。他们的善意和美好，你用喝酒的利落来表达。吃到一半，他们的同学回来了，还带回来两个叽叽喳喳的女子。大约十八九岁，模样周正，穿得洋气，皮肤不黑红，是用心拾掇自己颜容的女子。她们坐到圆桌边，变戏法似的，她们面前已经各有一个小玻璃酒盅。于是，你们交错地碰杯。他们中的一个一直在说，多喝点，再喝一杯，最后一杯。

这顿饭吃到夕阳即将到来。你们起身告辞。其实不是告辞，因为谁也没有把这里当作别人家。自己来，自己做吃的，自己喝酒，自己离开。那两个乡村女子喊摩托车男人送她们回家，而摩托车男人正在牛圈里挤奶。他大声喊，必须挤了奶才能送她们，不如她们把饭桌收拾了地扫了，那时候他也可以送她们了。

她们宁愿袖手，娇气地表示，不会多干哪怕一丁点儿活，以此显出自己的尊贵来。

你和他们都笑了起来，车穿过广阔的田野，田野上有水渠和闸门。那一年你 33 岁。在伊犁生活了八个月。

4 中原

你在中原大地的一个点上，百无聊赖。距离你的单位不过百米的地方，在一个清晨发生了“地陷”。天坑，也有用这个词语来形容的。整幢楼掉下去，走过的一男一女掉下去，一辆汽车掉下去。新闻里和这个关键词有关的事件，是这样描述的。你看见道路被封锁，各种突突响的机动车集合在一起，往空洞的大地深处填充泥土。一直在填，但是道路的另一边，在开挖地铁。人们把信任交给了城市的创造者。这个“者”是谁呢？反正掉下去的不是你，不是他，不是她。反正别人的事，永远都是另一个星球的事。新鲜的泥土掘出来，戴安全帽的工人们，面色凝灰，没有什么可骄傲的。一种职业，失去了自豪感，这意味着什么。什么职业还有骄傲和自豪感！你在心里罗列。有个明星穿着貂皮，媒体说，她多么贵气啊。你想把她和新闻制造者一起灭了，她的贵气倡导人类加大步伐戕害生灵。

你坐在清晨的公交车上，想这些问题。窗外清风习习？算是吧，你别无所求了，最少已经衣食无忧，你用耳塞听歌。架子鼓的配乐你最喜欢。架子鼓敲打，敲打，敲打，你问他，你是真的爱我吗？他哈哈大笑。你也哈哈大笑。你是真的爱我吗？这个问题太不合时宜。人们都不这么问问题。人们问，今晚吃米饭还是馒头？

你不想坐下来，公交车上人一多，你就只想站着，这是什么逻辑？

可以拔腿就走？你听歌，德德玛，马儿啊，你慢些走。你想到了草原之子。那个男人，是蒙古人。你想去看望他，听他多讲一些那个朋友，那个埋葬在和布克赛尔大草原上的蒙古族男人的故事。你们在北戴河的时候，夜里煮螃蟹，盘腿坐在阳台上，喝白酒。他看见你盘腿，就微笑了，他说蒙古人喜欢盘腿，你也笑了。你喜欢别人认为你像蒙古人。有时候蒙古族女人会隐忍和认命，汉族女人似乎不爱认命。不认命的人命苦，认命的人后来反而会收获幸福。这是谬论吗？你和蒙古族男人对饮，不是享受酒的麻醉，而是酒能消毒。你喜欢洁净，你崇拜洁净，总有一天，洁净这个单词能不吓着你。

你听歌，想事，看车窗外上班的人在大街上走路，手捧一碗面，没有美。歌声一直在响，把人类的声音遮蔽掉，或者说驱赶走，你只愿意和你自己待在一起。我爱我，你对自己说。这个比什么都重要。你不会再问谁是不是真的爱你，这个问题本身就够荒诞。含在嘴里，如果是爱，但是谁也不能就把谁 24 小时含在嘴里。还是自由如风好。你要去的地方很多。他们都在各处等着你的到来。你是故事的倾听者，然后是制造者。

车突然停了下来。不，是你突然听见雷声，一声，然后又一声，你在音乐里迟钝着转身，看见另一侧的车窗玻璃全部粉碎，一架巨大的起重机正对着你。起重机的铁臂及时收手，如果横扫过来，从你的脑后挥臂……那么，这一面的玻璃也会粉碎，你会倒下。现在你完好无损地随着人群鱼贯下车。一个女子跌坐在地痛哭，你伸手拉她，愿意帮助她去医院，她坚决地，用抽泣的泪水反抗。你立刻明白，她要索赔。你走到大街上，耳机还在响，图瓦人的歌唱，《寂静的天空》，珊寇魔法的歌喉。你的小腿开始哆嗦。你发短信，给你的女儿和他。你的大脑一片清新，竟然没有什么未尽事宜。

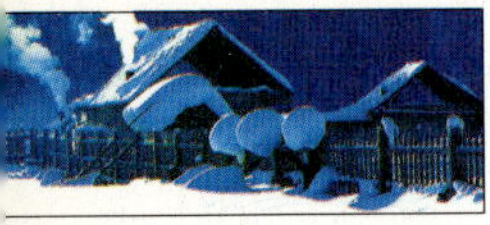

5 担忧

鸟像石头一样飞过，在黄昏里。如果有一天，没有石头从天空斜斜飞过，扑扇翅膀去那黑色的鸟巢；如果有一天大树全毁，即使有大树，但大树的顶端全部锯齐，鸟儿无处落足，低矮，仿佛担心刺客攀缘深藏。人类要担心和防范的太多，所以可以深藏危险的草丛没有了，大树没有了，山洞里的野兽没有了，清澈照见人心的河水没有了，自由奔走的野旷没有了……

你有时在旅途看见高高挑起的树上温软的鸟巢，心就会升起温泉的小泡。你想去做客，到那鸟的家门前，恭敬地敲敲门，鸟儿豁地拉开门，打量你，爱你，你们席地而坐喝茶，说说人类的坏话。你们一起放眼望世界，从树的梢头上，月亮挂在树梢，夕阳刷两道橘红和金黄。

所以这愚蠢自私的物种……你喜欢美而弱小的生灵狠狠地唾骂人类。

6 它们

它们一走，这座城就空了。都是坐飞机的老手了，你倒不担心它们怎么应付这场星际旅行。

你不愿意回到“宿舍”，在江滩大马路上多走一会儿。歌手坐在小马扎上弹吉他，对着笔直的麦克风唱歌，江边的初春的风呼啦啦吹过来，歌声没有被打散，还是那么清晰。你想走过去，放五元纸币，但是你没有走过去，是因为胆怯，你无法把歌手和乞丐混为一谈。但是谁又不是乞丐呢。包括自己，所想要的，一种更美好、更安稳的生活，这也是一种乞讨。

你从江滩走过，红色的美国大使馆，变成了人才交流中心。这六个字令你害怕。又是芸芸众生，嘤嘤嗡嗡。你继续走，走入洞庭小街，宋美龄每次来汉口就住在这幢灰色的楼里，基督教协会，这样的机构，宋笃信的一种教义，后来蒋也信。如果你相信一个人，那这个人只能是基督了。但是基督要你爱世间的所有，你肯定做不到。你看见鸟贩子在夜里碳烤麻雀，你就想手中有手榴弹，投向一切恶小之人。你不忏悔自己动不动的勃然大怒，你唯一只忏悔自己不洁净。你从不忏悔你的凶猛、对恶人的痛恨。你决定不改正，凶猛的另一面是彻透的温柔爱。你把这温柔爱给予对的人对的事。

你推开宿舍门，它们的毛，静静地，一根一根地从空气中往下落，

落到椅垫上，书桌上，你的毛衣上。你拈起一根……你擦地的时候，看见失踪的一只红色塑胶手套在床底的最深处。你没有把它拖出来，而是请它留在原处。叫三宝的大猫最喜欢叼着红手套东奔西走。手套躺在原地，是留下温暖记忆的一种方式。你几乎要失声痛哭，你想起十来年的流离辗转，它们一只一只地到来，让你无暇愁苦，让你安然抵达彼岸。至少你已衣食无忧，你近乎鄙俗地又在心里这么给自己打劲。

因为它们，你和母亲的关系明显缓和下来。缓和，也因为你不再流离，安居中原某地的一个点。你想到安居两个字，眼睛会忧虑得发疼。你不愿意和任何人安居下来，你也不愿意和自己安居。和一座城市达成长久的共荣辱的关系，更是你惧怕的。

它们三个先于你到达母亲的家。

你站在楼下等母亲下楼接你的行囊。遍地雪碴子，风里是一股股的雪气，因为这座城市有博格达雪峰俯瞰，所以在冬天有雪的芳香和凛冽气。

南方没有雪山，空气里缺失这种刚强的味道，真干净。你深吸一口气。阳光刺目，花坛的雪堆得很高，每年都一样，你有时回来过年有时不回来。不回来她们是不是会伤心，你没有问过。你会在电话里故作轻松地说想回来了就回来，不要在乎春节一定要见到。她们也很轻松地表示同意和理解。理解什么呢？

母亲推开绿色的楼门，走到你的视线里。你远远地看着她，立刻笑起来。她的笑也是欢欣的，身材并不见臃肿，脚步轻快，头发雪白，不染发是对的，你建议她顺其自然。她拎起箱子，你把编织袋扛在肩上。虎口生出了厚茧。有一天晚上你突然发现，是的，虎口，厚茧。你的大姊姊坐在你对面，与你在淡金色的落地台灯下喝茶。大姊姊笑眯眯，问你何时能不再使用编织袋。你说，总以为这一年可以不用了，结果到了出发前，发现编织袋最能装，又轻便。你抚摸虎口的厚茧，它承担得太多。你一直以为是你自己负重太多，跋涉的时间太长，现在你心疼的竟然是虎口这个位置。

它们三个从沙发背后鱼贯而出。因为听见了你的声音。它们知道，大平安到来了。它们所疑惑的飞机的长途运送，所疑惑的大姊姊开车去机场货仓接它们，所疑惑的一个头发花白的女人对它们的迎接，它们一个接一个在洗脸池里洗澡，冲洗去飞机上的呕吐物，所疑惑的陌生的房屋摆设和屋子里的气息。于是它们潜藏起来，在沙发背后，不到饥渴的时候，绝不出来。然后它们在某天听见了你的声音，鱼贯而出，悠然而仪态端庄。现在，地盘真正属于它们了。

你跪在地上擦地，刷地毯，你站在洗碗池那里洗干净屋子里的所有小物件。它们在你的视线里，一个在沙发上，一个在窗台的花盆边，一个在书桌上。你一喊它们的名字，它们就扭过头看你。它们一看你，你就笑。笑得那样美。你的母亲都禁不住说，哪里像四十岁的人呢。

你们的关系确实缓和下来了。大家都云淡风轻的在生活里。你们一日三餐，每一餐都隆重，每一样食物都认真品尝，点头赞美。于是你决定说出来。你盘腿，端起奶茶，说，妈，夏天我要到禾木去，所以把它们三个送到你这里来。

其实你不太敢说出这句话来。你怕她情绪失控，痛苦的记忆令心脏发抖。她的心脏从来不好，你当年选择流浪生活，出发的前夜，她的心脏几乎要令她僵直地倒下，她伸出手来打你，你靠着书架站立，你知道打或者不打，命运都只能如此了。“如此”，是些什么？

她坐在你的对面喝奶茶。用哈萨克斯坦制造的搪瓷小锅熬奶茶。小锅上是五只硕大的红草莓。

她竟然是悠然地喝着奶茶，略一思索，对你说，禾木乡政府奖励你爸的优秀工作者笔记本我收在地下室了，给你找出来，盖着公章的，你去禾木，可以拿给他们看。

7 生灵

那一天拆楼车巨人的臂膀挥打你乘坐的公交车，侥幸平安，你匆忙下车，走到大街的林荫下，小腿开始战栗。你发短信给你的女儿和他。这个沉重运转的沤烂的地球，只有两个人是你牵挂、舍不下的。

垂柳在春天里萌芽的绿，如茶喜人。你走上一座小桥。桥已经破败得像一条平常的灰土路，没有桥该有的飒爽骄傲。河堤，你向左边望去，第十五棵树下，它在那里沉睡，永不醒来，如果它爱你，魂灵就不会走，它知道，这是约定，你必然地会常常来探看它。你的眼泪热热地流下来。这个陪伴你流浪生涯的第一只猫。

然后你走过河边的农贸市场。四月杏花桃花铺天盖地，让地球暂时遗忘掉那些天坑和地壳不能承受的各种重。墨绿色的人工湖泊平静如死，偶尔被日光惊醒打一个漩。那五只碧绿色的青蛙从这里下水，漂出去一段路，有两只一蹦，抓住了岸上的泥土和青草，但是手一滑，又落回了水里。你牵挂地远望，那时夕阳下沉，水面金光粼粼，你相信它们能在合适的地方上岸，静静歇伏。

青蛙的贩子，血淋淋地剥皮。你皱眉走过去，铁桶和地面，屠宰场。你走过去十步又折回来，你问，还有几只？

小贩说东北话，他说，五只。你说，我都要了。他说，我给你剥皮。你遏止不住的怒火终于爆发。你说，这种买卖不要做，你难道不为后辈积德？

小贩的儿子，那个负责剥皮的年轻人，跳了起来，手中有刀。

你如泼妇，你说，你杀了我吧。

小贩拦住自己的儿子。你拎着那五只青蛙，怀着秋瑾才有的悲壮，去河边。

它们的手触摸到泥土，先是一惊，几乎就呆住了。你推搡它们，鼓励它们，它们跳入了这肮脏的小河。

你和他们没有道理可以讲。你若谴责了却不买下来，他们便讥笑你假慈悲，放下担子挑衅你。

你常常不忍心看期盼生命奇迹的它们，那么安静地伏在网兜里。网兜在扁担两头，甩一甩，人们围观过来，论着斤两，议着吃法。

你的火气那样大，要把一座城市掀翻。

你问这个迎面走来、挑着扁担、戴着草帽的男人：你知道这是犯法吗？

他用那样惶恐的眼神看着你，摇头，他说，我不知道。

他穿着俭朴，布衣布裤布鞋。你叹一口气问，它们是什么？

他说，野鸭。

麻花色，有孔雀蓝和孔雀绿夹杂其中，闪出光泽。是一对。它们的四只脚缚住，红色的塑料绳子一圈一圈，头朝地倒栽着，鹅黄色的扁嘴，温柔的眼睛，仿佛没有任何痛苦的平静。

动物总是这样，再流离的生活，它们也不显出委屈和难受，不像我，凡事就抱怨。你会细声细语在电话里给他说，算是抱歉的意思。

野鸭旁边是一只装着黑刺猬的网兜。你给小贩一百块，把野鸭接过来。小贩蹲在地上，找出来一个黑色塑料袋，殷勤地说，用袋子装着吧。

你把鸭子抱在怀里，说，赶紧滚，如果再干这种营生，世世代代没有好日子。

你用最狠的诅咒。通常对方会与你对骂。但是这一个不知为何脾气那样好，嘴里说，以后不做了，我知道不好。

但是脾气再好，也让人恨其可恶。

你去收养流浪猫狗的小商店的老阿姨那里，请她用剪子剪断塑料绳。

老阿姨说，你买它们做什么？

你说，送去公园里放生。老阿姨说，可是你放了，立刻就有人捉走，你不是白白花钱？

那该怎样？你抱着两只野鸭，它们的额角温柔，那么温驯地在你的怀里，刺猬的气味在它们身上，你救不了这个世界受难的众多生灵。你也问自己，究竟该怎样在这个世界上存在？如此痛苦啊。你一路走着，只是感到痛苦。

你把它们送到那个长满荷花的大池塘，一到岸边，它们就扑闪开翅膀，几乎直立，跳入水中，在水草的堆里，在浑浊的绿水里，用翅膀扇腾水。立刻，许多人围拢过来照相。

你伏在栏杆上，阳光真刺眼，眯着眼睛，头发纷披，令你觉得自己终于老了。一个男人说，这是野鸭。你说，是的，但是不知道谁就会出现，把它们捉走，炖汤。男人说，没有人会捉。你立刻生气了，你说，当然有人会捉，你们这座城市里有中国最大的野生动物交易中心，你们就好这一口。男人愤怒了，说，为什么要一竿子把众人都打死，再说，你若不喜欢这里，为什么要来这里生活。

你被问住了。是的，大家都认为自己是无辜的，善良的，只是观众。但是，为什么偏偏这座城市里有中国甚至是世界最大的野生动物交易中心。城市的管理者呢？“者”究竟是谁？他们究竟为何就纵容凶恶的势力在这里蔓延。你愤怒，自己气得伏在栏杆上，如此颓唐。那血腥遍地哀号，就在你生活的城市。你得认真想一想，在这个世界上，怎样心平气和活下去。

野鸭认真地用水清洁羽毛，又来到岸上用扁嘴仔细梳理羽毛，它们两个靠在一起，不分离，共同应对之后的命运。当夜幕降临，或者无须等到夜幕降临，一个黑脸的汉子或者黄脸的婆子就下到了水边，捉它们回去。鸭子的脖子柔软，你走来的时候一路吻，一下又一下。

他总是在电话里认真地听，从来认为你都是对的。你痛哭，嚣张地辱骂这个世界，顺而把他所有的错一一历数，就是一个最标准的泼妇。他说，无论你是什么，我都爱你。

那么如果有一天成了神经病呢？他说，那也爱。于是你哭了出来，像个委屈的小孩子。你当然明白，如果不是因为世界上有这样一个人，无原则地支撑她的凶猛，她没有力气走下来，多么漫长的道路啊。

6 海归

码头，汽渡。这样的单词，萧红和张爱玲。她们从码头上下来，就到了另一段生命，真美。丁玲也不容易，还好，有爱她的男人，陈明，不枉活一世。但是丁玲显然不能与萧红归于同类。

你们从码头上下来，过沿江大道，要去户部巷，这一次你一定要给他说一说萧红。

路过一个花坛，一个灰土着脸的中年男人，脚下是扁担和网兜里的“它们”，又是在卖刺猬和乌龟，你扫一眼过去，对这个城市抗议着。为什么没有人管？若你这么问，总会得来别人的嗤之以鼻，然后请你“可以滚啊”。你阴郁着脸走过去。

他走了十步，户部巷在望，突然轻声优雅地说：刺猬入药治胃病很好。你勃然大怒，并肩走动的人正是你厌恶的那类人。这更加证明了，普天之下，莫非“他们”。你深居简出，几乎不与人交往，真是正确。

你说，喜欢用穿山甲的中医们已经遭到有良知者的抗议，这种就要灭绝的动物，为什么打着敬业的旗号鼓励人们残害它们。

哦？有这种说法？他被你的勃然大怒吓住了，但是永远保持镇定。留洋多年回来的中产阶级，自视为贵族的男人。

说法？世界是什么样子了，你们难道看不见？为什么总装成无辜的人民中一个，一个好的职业者首先看他是否善爱天下弱小，否则就是自私的物种，而已。

你总要打沙子枪，横扫一大片。无一中弹，只有你铿锵倒下。

人类的麻木和不仁。

户部巷人挤人，小街两边的小吃，热火朝天。你看见众生灵的尸体悬挂在两边。是自己又偏激了么？不，你坚决不承认。

他说，想念家乡的面窝啊。他去排队买，你到一个角落，人少些，站着，来了碗油炸豆腐，静静吃。你喜欢恬静的自己，甚至你认为自己就是恬静的。你从不混迹人类中，所以无须听见别人对你的指点和评价。随便他们怎么说！你足够强大了吗？只和喜爱的人在一起，做自己愿意做的事，在自己的生活的小河里徜徉，看两岸的风景。

他的笑脸，从人群中来到你面前，显然不是你喜爱的。因为刺猬入药的说法？还是那中庸的中国式样的笑。

面窝的边是糯米，他要你掰一块尝尝。你这么做了。

吃了著名的热干面，你们撤出户部巷。在巷口的石狮子那里，有人冲着石狮子边的空地吐痰。这世界无任何敬畏了。你一来到人群中，心就发凉。他说，空气不好，所以大家痰都多，可以理解。

你皱眉，全是托词，人类最伟大的长处就是，都很会替自己辩护，包括我自己。你自嘲。

你说，贪欲过多，也是痰多的原因。

所以普天之下都走动着如蝗虫一样吐着痰的人类。

你们再次路过那个花坛，灰黑的中年男子还在那里。

他建议，我们去东湖？

你立刻点头，因为正好可以放刺猬。

还是那一套，你质问：知道这是犯法吗？

对方立刻点头说知道。又说，家里实在困难。你相信小民是清苦的，这一次不再开骂。你递过去一百块，把三只刺猬提在手里。他说，我来提。

又闻见了熟悉的刺猬的味道。它们蜷缩成一团，假寐等死。现在不用害怕了。你欣喜地说，到了妈妈这里，就完全放心了。你总是对它们自称自己是妈妈。

在出租车上，刺猬在脚边，天下大平安。你快乐起来，给他说萧红，

说黄金时代，说汤唯的天真气把萧红诠释得真对。你还有重要的关于萧红的话要说，那得等下车从容地说。

最小的那只刺猬，还是个孩子，神情如同你养的最小的那只猫，警惕，灵动，健康，眼睛黑亮，和你对看。另两只恹恹地。他蹲下来解开网兜，三只一起倒出来。最小的已经一溜烟跑走了，去了那边小小的水渠。这两只在原地，蜷缩的一只歪倒着一动不动，鼻尖埋在怀里。另一只一直在发抖，伏卧着。他捧来上一季的棕色的干树叶，覆盖住它们。也许到了夜里，它们就缓息过来了，就可以在这个巨大的公园里建立自己的巢穴。然而，这是人类的公园。人类的眼睛横扫竖扫如探照灯，于是它们总会被销毁。

最小的那只在小水渠里吃起了濡湿的草叶。他对你说。

就像个孩子的神情，人怎么忍心提刀杀害。你心尖颤抖。

小刺猬仰起脸看你。探究你，也是在回报你的善良。你看见它们认真的小脸，就被融化了。没人愿意做泼妇！

生而为小生灵，真不容易，从落在地球上的那一天起，就随时被刀剑寒霜紧逼。

生而为人，就好吗？那巨大的无能为力和忏悔的折磨，也是痛苦的。

好，继续说萧红。你们在东湖边坐下。青山朦胧，轮廓圆满，湖水一望无际，波澜不惊，但是你没觉得美。因为水已经被污染，山里的小生灵已被捉净。你苦笑一下，得了，这里的人又会反驳你，那你“可以滚啊”。

你说，有人说萧红是烂人，是饥饿的小贱人。

他机智地宽慰你，也可以说是纠正你的偏激和绝对，说，那只是一小撮人，一定是，对吗？

你只得点一点头，心里确实宽慰许多。

你想到了一千年前的圣方济各。你对他，也对自己说，那是一个圣徒，年轻时放荡，后悔悟，从此游走四方，做旷野的呼唤者。

你对自己说，我愿意做这样的人。你搜索过方济各的生平，他是动物和环境的保护者。

你念诵方济各写下的和平祈祷文：

……
哪里有伤害，让我传达宽恕
哪里有仇恨，让我播种爱德
哪里有疑惑，让我提供望德
哪里有绝境，让我带去喜乐
……
不是被理解，而是去理解
不是被安慰，而是去安慰
不是被人爱，而是去爱人
因为
只有给予，我们才会获取
去原谅，我们才会被宽恕
死于旧我，才会获得永生

你流下痛彻肺腑的眼泪。你暂时还不知道如何才能平心静气，做个和平的传播者。

9 罪恶

黄羊票。这奇怪的名词让你一惊。你预感到是一种很坏的东西。果真，男人们嘻嘻笑着，把一杆猎枪放到汽车后备厢。

于是此行，成了噩梦。

多年以后，总有十五年了吧。你一直记得那次行旅。荒诞，罪恶。你说的是你自己。然后是罪恶，荒诞，你说的是他们。那些男人，穿着酱紫色 T 恤，开着越野，握着长枪，在准噶尔盆地里。

你们从喀纳斯山上下来。这是你第二次来到喀纳斯。第一次是父亲带你们三个女儿，还有你们的母亲一起去的。坐的拉砖的卡车，那时候路不好，从早晨走到夜里，才到住宿地。

这次来，想起关于父亲的往事，你在深夜里，在布尔津河边喝醉痛哭。如此放荡的岁月。下山来，过了布尔津县，开到戈壁上，看见黄羊在公路边静立。其实还是有一段距离的，那是一家三口，两只大的一只小的。车停下来，持枪的男人去到越野车上，于是，他们向那一家三口猛冲而去。

沙土弥漫，天昏地转，你把脸从车窗玻璃那里别过来。你身边的人揽一下你的肩膀，告诉你，不要去看。

两只大的虽然在狂奔，但是一直护住中间小的，三口并肩而逃。越野不依不饶，轮子打出 360 度的旋转，枪声，轮胎的咯吱声，宇宙就要爆炸之前的屏息。你那时候就知道命运是难熬的。

那一只公的就这样被击中了。他们还想要打另一只，因为黄羊票是两张。他们遗憾地收手。

黄羊热热的身体被抬到后备厢里。车启动，你隔着窗玻璃看见黄羊妈妈和孩子并肩站立，在那戈壁的深处，向着他们这些灰黑的人类忧伤地望来。

你哭了。流下青年时代最后的纯洁的眼泪。其实那时候你已不纯洁了。但是你知道，总有一些时候，你是那样的纯洁。

后来呢？他问。

他最懂你。他想知道那个持枪男子的后来。

他因为你的泼野，渐渐也成了“刻毒”的人。只有怀着刻骨仇恨的人，才会追问“坏人”的下落。

后来这个人死了。你竟然微笑起来，多么刻毒啊。

怎么死的？他轻描淡写地问。对于坏人的死，从古以来都是这个态度。这就对了。

擦拭手枪的时候走火，脸打烂。

也可以没有这样一个结果，这个人可以做着贤夫、慈父、孝子，那样良心无愧地活着。很多人都自认自己善良，就是因为他们觉得他们所承担的社会角色，完成得很好。其实不是这样的，都是俗世价值观。你轻声细语对他说。

但是，这个人就是这样死去的。英年早逝。大约 45 岁的年纪，在殡仪馆里，面遮白布，菊花铺身。

黄羊，你幼弱的目光，未曾发出诅咒。但是恶的人，就这样泯灭了。

他，他的清淡，对世界和人没有敌意，宽厚，凡事云淡风轻。

即使你嘲笑他“使用着无知的善”。最后你不得不承认，他是“多么好”。

你生气，在世界的一个角落里不知道该怎样活下去。因为无法“眼不见”。

还有那么多的忏悔，要用时间消解。他从来有耐心，悠长地说，你终究会长大的。

他说这话，好像你只是个小小少女。于是你笑了。也许有一天，你不会动不动骂街。

你这人类的反动派，鼓励天下弱小，用温婉的语调唾骂人类。为什么上帝让它们失语？是因为知道若它们拥有了人类一样的语言，人类将在指责中羞愧而不能继续“伟大的进程”？最后只剩下木然。

你服用治疗甲亢的黄色药片，温顺地躺下，冥想，在世界的一个角落里。

他是行旅的人，清新，寂寞，不吃动物的肉体，不看重金钱。他的呼吸是洁净的，这让你宽慰。因为你不应该孤独地活着，如果人人都污浊，你将多么孤独。

你们有幸生活在一个星球上，一起长大。他倾听，他化解，他赞成你，这多么重要。

你问他，我该不该去禾木，其实我多么害怕。

他鼓励你去。即使是看看风景，看看那里生活的可亲的图瓦老乡，看看牛羊过河，看看牛奶和炊烟。

他比你都懂那里。因为你总是说啊说，说禾木和罪孽。

我害怕啊害怕，父亲的罪，母亲的可怜，还有那个女人的仇恨。她会有仇恨吗？

不，或许她会拥抱你。那是一个高贵的部族。

可是我的心里就有仇恨，我曾经很希望一个人从飞机上掉入大海。

他说，不，你总是不放过你自己，其实你比任何人都善良。

那么，我去？

当然要去，为了你的身体的康复也要去。你记住，无论你去到哪里，我都在世界的一个角落等你，你总会回来，回到我这里。他指了指心口。

你冥想，你起身，你清洁自己，你端坐。你看见人类布置的城市，其实你是热爱的。你为你起居的诸多便捷而羞愧。你在人类中，享有着一切文明的果实，却那么喜欢做一个泼妇辱骂人类。但是你决定一切顺其自然。明天的你是怎样的，你不知道。

11 一封信

吉庆街实在太著名，大家都往那里跑，小吃街，夜市，啤酒，鸭脖，红尘男女。

但是我给你说的不是夜市这档事。你当然知道，我对这个百分之一百不感兴趣。那天南方下雨，春分一过，雨就是温热的，这一点真是好。雨丝斜飞，不打伞，去迎接大自然温柔力量的抚触。

我从傍晚开始走，穿街过巷，香港路，台北路，澳门路。哎呀，实在洋气，就连门脸的小饭馆也命名为“港台美食”。在大街背后的那些小街里，蔬菜摊和蔼清新，行人慢下来，退回到20世纪80年代的韵律中。有个日本料理小馆，白色推拉门，若走进去，“和风”会扑来。我相信，但是我没有进去。等你来的那天吧，我们一起去，盘腿坐下来。

所以我慢悠悠从天刚有亮色，走到昏沉，到夜的黑降下来，到我蓦然站在了吉庆街上。后来我想，上帝掐好了分秒和我行走的路径，于是我能够遇见它。

我在吉庆街决定停下来，来了碗陕西凉皮，听老板说北方话，略呆一呆。上帝把吃凉皮的时间也掐算准了。吉庆街很宽阔，两边是塑料雨棚、烧烤摊子和无穷的塑料桌子椅子。霓虹的吉庆街三个大字，在最高建筑上插着，那是此地的标志。

上帝的十字架实在卑微，在这个没落的人世。每当我看见那小小的

十字，在红尘中蓦然一现，温热就会涌上来。你给我发来一所朴素教堂的照片。我看着，就喜欢，就告诉你，我们也要做朴素的人。你答应了。你和上帝一样，总是答应我许多事。所以我要写信告诉你，六宝是怎么到来的。

许多武汉人会怀念从前的吉庆街。夜风徐徐，乘凉的竹椅排开，从大街的这头到那头，小孩子在中间穿梭追闹，大人捧出吃食，大家围拢过来一起吃。

这是一个出租车司机告诉我的。他五十岁左右，笑眯眯，说话字字如铁。于是这笑眯眯在我眼里，就不错。他说，老百姓过好，国家就是真的好。我笑起来，虽然我想补充一句，小动物们过好，国家才是真的好。但是我不忍心这样说。生命是劳动与仁慈。我不能总是站着说话不腰疼。

大街都长成了一个样子，风景区也长成了一个样子。人对人的彬彬有礼、笑容浮面，也是一个样子了。

幸好这世界上还有你。所以我在阑珊灯火中并不感到凄清，继续往“宿舍”的方向走。上帝掐算得真准。上帝总是愿意实现我骄横的理想。

这“公家”的房子不能养宠物。这里的公交车和公园也不允许宠物出现。其实不是宠物，就是小生命，但是没有地方讲理。我只得送它们四个走，三个去了母亲那里，一个去了洪湖。去了洪湖的那一个从此断了消息。它们走后，我的忧郁症渐渐显出端倪，消沉、厌倦、无名火全部到来。幸好还有你，所以我得坚定地活着。

也幸好还有上帝，我思索再三，决定祈求一个小生灵来与我做伴。至于从公房里驱逐出去这样的后果，就再说吧，再说吧。于是当这夜，我穿过吉庆街，穿过中山大道，站在了岳飞路和车站路交界的地方，听见了那样昂扬的猫咪的叫声。

这声音太大了，汽车的轰鸣声都压不住。大街上那么多动静，人来人去，大声说话，咳嗽吐痰，都掩盖不住它的大叫。如果是一只叫春的成猫，我不会停下脚步。但是我分明听出来这是一只小幼猫在扯着嗓子说话，它的声音实在太大了，大到我都要笑出来，是能够爆棚的那种。

那楼总有六七十年了，江边的洋建筑有一百年，这一带的房子都是老沉沉的。我摸黑钻进门洞，跺一下脚，果真没有光明，迟疑一下，猫还在叫，我走了进去，用手机寻找。摸进一个空荡荡的公用灶台房，还有一个敝旧至极的卫生间。我呼唤猫，猫继续叫，我终于辨别清楚它的方向，在通向二楼的楼梯拐弯处。老楼梯的地板通通响，我看见了它，一只小幼猫，淡咖啡和白色相间的小花猫。我一把捉住它，它挣扎，我快速出楼门，到大街对面我从前买猫粮的宠物店。在灯光下，我看见它眼屎糊面，蓬头，惶恐，一定是流浪猫了。于是我把它塞入包。

它进入我的包就既不挣扎也不嚎叫了。它陪我买了幼猫罐头，幼猫猫豆，几袋牛奶。

回到宿舍，它从包里钻出来，跃下地，于是我的小屋子里的空气又进入了正轨。微笑们全都回来了，我躺下之前看见镜子里的自己美丽渐渐收复。上帝对我真好。我得意。

它气哼哼地藏在衣柜底下，不服气地吃掉了许多罐头和一大把猫豆。牛奶和清洁的水，它也略略抿了点，估计之前喝过雨水。现在，我要好好看看它。它的小脸非常美，背上三个淡咖色的团。它不断用呋呋声威胁我，那意思是，不准吃我嘿。我把它从衣柜底下拖出来，它小小地团在我手心里，骨瘦如柴，于是我说，你太瞧得起自己啦。

夜里，我请它在我的怀里睡。它依然是不服气的，但是它实在太困了，小小的手心攥在我的手里，它睡着了。

它叫六宝。顺着咱们之前的排名来。我常常梦见我收拾行囊，其实我是惧怕流离的。六宝来了，这公房能住多久呢？但是我重新快乐有力量、平心静气了。这个比什么都重要，不是吗？

清晨我上班去，掀开被子查看它。它又用呋呋声威胁我。我点它的小鼻子说，嗨，我一点儿都没打算吃掉你。

圣方济各他们说，每一天的衣食住行交托到上帝的手中，我们只管做该做的有意义的事即可。于是我把我和六宝的每一天交给上帝。那么禾木之行呢？如果我去禾木，六宝就寄存在小商店好心的老奶奶那里。

你说这样是不是很好呢？

晚安。

11 相遇

墨西哥一位叫玛格丽特的老妇人，在她的葬礼和追思会上，来了二十多只流浪猫狗，它们列队自大门而入，从容肃穆如“宾客”。老妇人的女儿后来才看明白，这些猫狗都是母亲生前常年喂养的小朋友。

这个故事是真实的。你落泪了。

当然不是为了某种待遇而去做一些事。

但是，到了最后的时光……我们奋力地“相遇”，不就是希望那一小片静默如水的时光，让它美好。

相遇是奋力地？你觉得是。交错而过，或者彼此淡漠，才是人间常态。

而你和他，奋力多年。有一年，飞机颠簸，你才突然明白，你们果真是相爱的，唯一的。虽然有如刺的伤害存在过；有一年，飞机颠簸，他从机场缓缓走出来，突然明白，这场爱只能走到终点，那终点，就是死亡所带来的分离，不得不分离。

并不是每个人都能荣享死前一寸时光里温情的“彼此致谢”和纯洁的“归于天国”。

你在北京初春的一场风里遇见了她。一个来自延边的爱笑的女子。你们被会务人员，也可以说是被命运安排在一个房间里。她说起了母亲的离世，临走前为自己缝制了洁白的布衣、布裤、袜子。母亲握住她的手说，谢谢你，照顾我这么多年。

她哭了，她说，我妈妈对我说谢谢……

你盘腿坐在床上，认真听着，也哭了。

所以你对他说，父亲的一生不圆满，在最后的时刻，他无人深情致谢，也无人对他深情致谢。

你惭愧地说，显然，我不是父亲的知己，父亲的知己也许是大姊姊，反正不是妈妈。如果禾木山上那个女人来到床前，他们会互有致谢吗？

你不太相信。那如刺的他们之间的伤害，他们没有“奋力”去消解。那错了的，就万劫不复了。

所以你对他说，我们很幸运……在最后的时刻还在远处的时候，已经知道要致谢的人是谁。

父亲临走前眼神茫然，盯着墙，或者自己的手指，一句话也“懒于”说。但是他想了想，还是决定和大姊姊交流一下。一个重要的问题，也是他最后的心结。

12 船尾

你坐在“院子”的中间，巨大梧桐一直在摇落春天的籽粒，似有黄色的花粉。你每天中午都要来这里，像是一个老人，作息严整。太阳洒在红色木椅上，你坐在固定的长椅的右边，等待黑狗和白狗一摇一摇现身。它们不现身的时候你就看一楼人家门顶上竖立着的含着威严煞气的镜子，你就想，鬼不喜欢镜子里有自己的样子吗？或者，镜子就是那当头棒喝，请它“拎得清”，转身走。一楼的人家门前有个雕塑的小狗，沙皮狗，脾气很臭的那种。如果门打开，真狗就飞跑出来。

有时门打开，一个半老不老的男子穿着家常衣服，用花壶浇门前依着墙脚摆放的盆花。有时门打开，妈妈带着女儿去学校。有时院子里一摇一摇走来一个胖大的妇女，抱着她的婴儿。有时门打开，一个女孩子陆续搬出来几个大编织袋和一个卡通图案的皮箱。那编织袋比石头重。你起身帮忙，提到大马路上等的士。这是你这么多年常常做的事情，你的心里升起喜欢和同情。这个女孩子刚刚走上社会，就不得不一次次地流离了。她向你致谢，虎牙一笑。你想你的女儿将来长大了是不是也如此。即使如此，也要一步步走下去。

你坐回长椅，看梧桐树下锈烂的铁桶，盛着土，一棵日本海棠开出海绿的叶片。这桶代表了院子的美，一直在这里，不改变，不漂亮，但洁净昂然，是无欲的生活。人民安心，有世居之地，饮食俭朴，在生活中追求美和爱，而不是攀比、浮华及口腹之欲，和接踵而来的变动。

多少年了，你没有在接着地气的院子里歇歇脚。你很想住进这里，清晨围着花坛和古老梧桐一圈圈跑步，傍晚看书，一直到月亮升起来。这院子真大，四周的楼房很旧了，总会拆到这里，谁都知道，这是块好地。于是，都改变了，变成那种笔直竖立、似魔方的楼，铁门威严，保安 24 小时守卫，院子里花坛气派，芭蕉叶总是在舒展，还有高大的棕榈树。有了这些组合，地气就成了浮华。

现在，你坐在时代的船尾，也是自己生命的后半部，凭吊急遽后退的“院子”。

你每天中午走进院子，仿佛你就是这里的一员。你吃一根黄瓜，看书，心里想的是你童年和少年时代居住的那个院子，在额尔齐斯河边。你的父亲在青年时代选定了布尔津小平原上的一个点，于是，你们陆续降生，从此，再也不能忘记那院子。从此，在院子里生活的平和，甚至是凝滞的时光之水的滋味，再也不能得享了。从此，就是奔走和流离。

你的父亲死前，回去了一趟。那时候他并不知道自己就要离开这个世界。他因为不快乐，决定暂时离开你们四个。他不快乐了一生。你们根本不懂得他，而谁是懂他的？后来你苦涩着眼睛，只想告诉父亲，如果有一个人能够让你幸福，你就应该去找她。你的父亲笑盈盈，在天国，不给你回答。

可是你的父亲说过，我不能离婚，我要参加你们的婚礼。

他爱你们。但是你们宁愿不要这种爱，宁愿他快乐。但是那个时代的人，都迂腐。不，是纯真。天真气得很。你虽然不是父亲的知己，但是你怎么可能不疼惜他！

婚礼。你在心里笑了笑。在你生命的前半部，它们是圣洁的，也是荒诞的，它们是一种理想，但终究轻易粉碎。当然，你喜欢现在的生活。圣方济各说，只有独身，才能清淡欲望，保护动物和环境。好吧，就算这是对自己现状的托词。

13 试探

不可试探。黑发笑脸的延边女子和你说。

她冲黑咖啡，你把枣泥酥放在小碟里。偶遇的两个女人，这个清早过去，就分开。她回到东北大地，那里有她心爱的男人，是后半生得来的奇遇。你回那不是你的故乡的中原大地的某一个点。那里有你的什么？你一想到宿舍窗外的渡轮每天来回在江面上走，呜呜叫许多次，就觉得孤独。仿佛人世灭亡的前夜，江水已死，大地的安全已死，万众生灵无枝可依。在这个时代，欢欣是戴罪的。你宁愿忧愁，说明你是觉醒的。

你是一个自闭症患者。你很难喜欢一个人。你说世间全是冷漠。但，其实你比谁都冷漠。

只是你的心是火热的，愿意给对的人和幼弱的它们。

不可试探。基督威严地说。人们如果不相信爱的纯粹，请不要用卑下猥琐的语言和手段去试探。

不可试探。延边女子温柔地说，别强扭着让你的妈妈照顾猫，否则就是试探。

你点头。你支付工资，母亲在照顾猫的这份兼职中，渐渐懂得它们多么值得去爱，懂得人不能只盯着自己那点所得所失……还有从前的怨恨。她的胃总是胀气，打出长长的嗝，眉目抱恨。现在有了猫，她团团转，清理猫毛和猫粪，去超市拖回来大袋的猫砂，整理地下室，她为一份崭新的工作感到又慌乱又抱怨又喜欢。她把猫猫干坏事的作案现场照片发给你看，一面告状，一面欢笑，爽朗的声音，是你理想的母亲的样子。

不可试探。你对自己说。对于他，在不试探的日子里，状况频出。现在亦不试探，状况是否有，只有将来才知道。

就如父亲的事。他在禾木十年，铺着黑色柏油马路的布尔津小平原，一些传闻慢慢地，如小小的风，平地刮起，吹来，吹去。母亲便听见了。

她四十岁开始生白发，不是一根十根慢慢生，是百根千根，一夜，她就老去了。

她去染发，发黑如漆。她诅咒，嘴角下垂。她骑着单车，穿行在回家的古老大树的林荫道里。花喜鹊喳喳地飞过，燕子伶俐转身。在她的诅咒里，生活一成不变，只是古老大树在某天，突然全部消失，剩下齐齐的树桩。一个败坏的时代就这样到来了。清新的小城败坏起来，不亚于中原大地沤烂的加速度。所以，别假想乌托邦的存在，你不迷信故乡。

但你不会认为自己的父亲就是败坏的。他在四十五岁的时候，头发白了一半，几乎秃顶。他用十年的时间，上山，下山，上山，下山。他在每一个年三十的傍晚，为家人打开崂山汽水，你们威风凛凛举起，一饮半瓶。这奇怪的生活。你们一直以为所有的家庭都是一个样的：母亲的坏脾气，抱怨的语言，父亲的常年在外，你们如猫般独立。

那些小风，其实如锋利的刀片，可以让你们在有自尊的少年时代如遭凌迟。但是你们天生愚钝，无知无觉，是上帝用这样的方式在保护你们吗？你们带着猫和狗去河边晒太阳，躺在河滩密密的鹅卵石上，太阳是巨大的一张金箔压下来，滚烫的，小脸柔软，手洁净，身体单薄，世界也单薄而善意，一切都简单极了，就像提出来的井水洗菜地里摘来的蔬菜。吃了晚饭，你们在湛蓝的夜里，偶尔会去院子里抬头看看星星。

你不喜欢一个女人的嘴角是下垂的，你也不喜欢抱怨的语言。如今，你亦到了四十岁的危险年龄，所幸，无白发壮烈地生出。也许，你遇见了对的人。他爱护你，懂得你，不让你有委屈。当然，也许一切都是假象。不可试探，不可追问，不可勉强。如此，幸福才会到来。

就如那禾木的女子。她最终嫁给了一个来自和布克赛尔大草原的蒙古族男人。他挥舞着斧头劈柴，他把牛羊赶去丰茂的草海，他修葺木屋，

他与她的众多孩子和孙子团团围坐在一起饮食。她不是女王，但是她就是女王。因为她活着，好好地活着。

而她曾背负着比凌迟还惨烈的、如小刀片一样的小风，吹来吹去，吹来吹去。

关于背叛。小平原也上演过比港台枪战片还血腥的事件。

说是一个人家的父母也是手工业劳动者，含辛茹苦这四个字献给他们一点儿也不为过。他们的大儿子威风凛凛，一表人才，进了公安局工作，佩戴手枪，要多神气就有多神气，要多光宗耀祖就有多光宗耀祖，他的妻子也是小平原普通人家的孩子，性格温婉，不多言不多语，刘海微微烫成卷斜散在一边，一双单眼皮的眼睛，安静极了。生了一个儿子，这一家子简直是地气旺盛。

然而有一天，那时你们离开小平原多年了，你们的母亲带回来消息，这个威风凛凛的长子杀死了自己的情人，掩埋在河对岸的荒野里，反正就被发现了，这个失踪的案子终于就破获了。长子很快被枪毙，他的娴静的妻子带着儿子离开了小平原，去了北疆的另一个小城，重新开始一种生活。

他们的儿子从小沉默寡言，考入了乌鲁木齐的一所大学。命运兜兜转转，你们竟然遇见了，都是小平原出来的孩子，对生活的感受有许多交集。你还记得他的爷爷，就是那个长子的父亲，在你童年的时候，有一次你们从一个人家做客出来，你竟然伏在他的背上睡着了。因为顺路，他一直把你背到家，放下来，你的母亲向他道谢了。

这个老人在今天已去世多年。

一夜白头的事情林林总总。小平原上人的命运此起彼伏着，仿佛在演奏一曲交响乐，悲凉中有欢喜，痛苦中有希冀。

14 能量

你一喊小金子，它就扑向你。小金子，你为它起了这么个名字，难道你想发大财？它全身金黄，浑不论，吃饭必用一只爪子摁住，若你靠近，它就一爪子拍在自己的食物上。你最喜欢看它一爪子拍下去，又拍下去。所以它用它的脾气，活了下来。你亲吻它吃过鱼的嘴，腥而柔软，你温情而欢喜。

商店里的老太太和老伯伯，收养的猫儿狗儿，一大群。讲这个小金子来的时候眼睛还没有睁开，竟然就“引”大了。这里的人说带幼小的婴儿和小动物，叫“引”。老太太用两根食指比画，这么小，哪里想到就长这么大了？你带小金子来单位洗澡，小金子把每个办公室观摩了一番，这才心中有数地吃小排骨。它们哪一个都是小天使啊，人类竟然不懂得。你在心里叹息。但你不能谴责任何人。你只常常厌倦人类。面对人类，有轻微的恶心，你这样形容。

一翻身一翻身，小天使就长大了。商店门前的花坛，它们在里面跳跃追赶。你下公交车，在清晨的朝阳里看见它们一个都不少的身影，你就喊，小金子！它们就昂着脖子，快步前来，嗅你伸出的手。

一个一个小家伙，有自己找上门来的，有别人送过来的，他们全都收下，实在养不了，才请求路过的人，可否收留。一个小狗，会作揖，一个路过的女子，呆看了半晌，实在不忍，带回家去。这样的事情，听

了，心里才会宽慰。

造孽啊。这是老太太常常说的话。她卖报纸、卖汽水、卖烤肠，穿红色的衣服，抹红色的口红，发髻一丝不乱，趴在玻璃柜台上，笑眯眯。只有爱护小动物，与小动物一起生活的人，才是从早到晚嘴角一直有微笑。老伯伯花白头发，羞涩不多言，坐在小小竹椅上，看报纸，小金子跳上他的膝。

小商店门前是公交车站，人来人往，真是红尘滚滚，人人心中盛着利和名，眼神和步子虚乏如鬼，被名和利牵扯前行。你们和小天使在一起，退在一隅，眼中是清洁和清静的光，就像星星。

你自夸了吗？你并不骄傲，也不吹嘘。你看见三色猫躺在纸箱子里的小褥子上伸出它的吻，你就亲它，夸奖它，做了母亲。那如小熊猫的婴儿猫，被三色猫叼着，上上下下，若不小心落在了地上，小金子就来了，拨来拨去，如戏耍一只鼠。你们全都笑了。

你每天都来，像是做熟了的义工。你把工作餐吃剩的鱼头、小排用开水冲洗干净，拆解，给它们每一个都分到。

你给母亲打电话，妈妈，对于做好事的好心人，我们应该去援助，这是对他们的鼓励和肯定。

突然有一天，你就变成了强者。突然有一天，你的母亲心平而气和。

老太太和老伯伯年龄实在太大了，有一天这商店会不存在，地球的一个汇集善良的角落，有一天会不在。但是，能量守恒，爱的能量会永远都在，永远都是那么多吧。你渐渐相信，善良的人总会有。他们过着节俭的生活，嘴角上扬，眼睛笑眯眯。你能够在人群中辨别出来。同样，你也能辨别出来那不善或者伪善的人。

他批评你，讲话总是这么刻薄。

你就愿意做一个刻薄的女人。但是他当然懂得你。所以他的心总是温柔似水，他认定你会长大，会更好、更全面。

你有时在暮色中慢慢走在这个城市，心中渐渐有一个令你想哭出来的痛点。这所收留并爱护你，给你安全和舒意生活的城市啊，也许有一天你会离开，那时你会有不舍吗？

15 虫草

红黑方格布缝制的大背袋，你的父亲扛在肩上，你们并肩走在一座陌生的城市。你为那大背袋感到难为情。二十年后，你为你当时的难为情感到有罪。

从今天倒推回去十年，你常常就肩背手提它出现在一座新的城市里，你不再有难为情。你独自一人，沉重的臂膀，在人群中慢慢挪移。偶有好心人搭把手。于是在后来的许多年里，你必然伸出手帮助需要支撑一把的人。因为你知道那一伸手，是多么轻松和暖和。

父亲，从禾木和喀纳斯山上来。整整一个夏天他收购虫草，晒干虫草，用麻袋运回布尔津，在小平原上的家里稍微歇息两天，就搭乘布尔津长途汽车站的汽车来到乌鲁木齐。

这座巨大的城市，你初次混迹在人流中，心脏空虚了很久。想必，你的父亲也是如此。他那年 50 岁。但现在的你知道，50 岁的男人也可以内心是脆弱的，是需要人疼惜的。

今天的你咬住唇不愿意哭出来，是为了那永逝的怜惜。但是命运就是这样安置你们的轨迹的，别无选择地提着沉重的、棕褐色的麻袋追随着他。他在阿勒泰办事处所在的那个长长而狭小的巷子里寻找到一家极其便宜的招待所住下。

很小的房间，里面有两个床位。你的父亲的床下泡着一盆衣服。你

辨认出来，那是父亲的白衬衫和黑裤子。你去到招待所门前的水龙头底下，一件件搓洗，直到黄昏到来，你坐在门前的台阶上，时而站着，整条巷子黑压压下来。人来人往，许多阿勒泰的人在这里出没。他们说话的腔调你一听就知道，是我们那里的人。你心里对自己说。

你的父亲早出晚归，偶尔也中午回来，倒头就睡。你和大姊姊笑嘻嘻来巷子里找他，他微笑地从睡梦中起身，到水龙头那里洗脸，顺带着把头也冲一下。然后你们去吃饭，你们最喜欢和他一起吃饭，他会固定点那几个菜，麻婆豆腐，爆炒鸡杂，拍黄瓜，两瓶乌苏啤酒。你们也各来一杯。你们问他，找到买虫草的人了么？他说，有个香港老板要全部买去。但是，他们要的虫草是有尾巴的，我们的没有。有尾巴的虫草是青海那边的，所以有人买就很不错了，价格没有预想的那么高。

你父亲说的话，大姊姊都能懂。她在大学里做老师。你在等待分配工作，正在一家宾馆里做前台收银。你们帮助他一起把那几个沉重的麻袋送往香港老板所在的酒店，香港老板的秘书，娇滴滴把钱递过来，美金支付。你们轻松而快步地回到大街上，仿佛若走慢一点，那些麻袋又全部退回来。

你的父亲给你和大姊姊一人一张美金，让你们去银行兑换了使用。他要搭乘第二天的长途客车回布尔津，你们的母亲翘首等待了太多天了，她一想到虫草若卖不出去，全部带回来积压，她的心脏就沉闷地乱跳。然而，一切都是那么欢欣，父亲把一沓美元的钞票藏在衣服的最内里、母亲亲手为他缝制的暗口袋里。他在班车上愉快地睡着了。车窗外，秋天来到阿勒泰大地，白杨如合十的手，在旷野上退后。

那天你把一张美金放在钱夹里，天色已很晚。你的父亲送你上的士，你要赶去打工的那家宾馆值夜班。你的父亲说，我记下出租车号了，路上注意安全。

那时候没有传呼机，没有手机。你坐在出租车上，回头看见父亲在路边对你挥手。

这永逝的身影。那一年你 19 岁。

16 信仰

大雷雨过后的城市冰凉。樱花、桃花、海棠花、杏花，残红在枝。你简直是蹑手蹑脚地来到长江边。你听说长江已死，所以你总是不敢靠近。死的标志是，野生游鱼无法正常繁殖生息，突然就成为空白。

你懂这个意思。就像家乡的额尔齐斯河，里面有一种鱼叫乔尔泰。它们每年从北冰洋游来，在温暖的额尔齐斯河产卵，新生的鱼儿顺流，向着远古的北冰洋游去，等它们到了产卵的时节，溯流回到温暖的额尔齐斯河产卵。它们拥有两个故乡，但是生活在额尔齐斯河两岸的人类把它们打捞干净了。没有待产卵的母亲，没有新生的鱼，没有北冰洋的气息和消息，所以我们说，一条河死亡了，就是这个意思。

你心里的痛点，多了一个。从前是额尔齐斯河，现在是长江。再从前，还有别的痛点。比如，那荒诞的青年时代里遇见的一个人。你不愿意想起这个人，这个人在记忆的人海中蓦然出现，你就感到污浊的眩晕。但是你责备的只能是自己。

他听你讲这些从前的事。你伤心的时候就激动，从头到尾，从尾到头，讲来讲去，不厌其烦，包括你发出的咒语，当然，你的诅咒从来无效。你的心里倒轻松起来，你愿意一切都是平静的。他者平静，自己平静，生灵平静。如果你对上帝有求，只是希望他护佑生灵体面地感受生之欢欣，体面地迎接死亡到来。

他说，总会都过去的，再过几年，等你更强大，它们就再也不会回来伤害你了。

你说，可是，一直以来，是我自己在伤害自己，我就是肇事者。

你对于爱，要得迫切，要得那么多。仿佛从三岁的时候，甚至刚出生，你就静默哀伤，希冀一个奇妙的、全身光芒的人走向你，他全部的深情和欢欣，都是为你而有。

你暴躁，你不安，你自私，只是为了一个爱你的人出现而等待，而放弃，而抹去泪水，继续好好地活着。只因为，你全部的信仰就是这个。

你多愚蠢。

你多通灵。

于是，他出现了。于是，你在某个夜晚里，对着镜子看自己，放声大笑，泪水打湿了头发。也许，他并不是你等来的人。就像从前的错误，那错误的嗒嗒的马蹄。但是，上帝爱你，他正是你等来的人。于是你渐渐放心下来。

你买来猫粮和一沓塑料小碗。你如采蘑菇的小姑娘去江边。

现在，你不再是一个落魄的青年、哀怨的妇人、人类的弃儿。你是清新大地上清新的蒲公英，和无穷无尽柔软而有耐力的蒲公英的小飞伞。

你穿着雨靴，提着大袋的猫的粮食，你的长裙上万马奔腾，你的长发，你矫健的步伐，你沉稳扫视江边，寻找荫蔽之所。你美极了。

在人类设置的公园里，植物开大朵大朵的花，喜鹊扑扇灰紫色的翅膀飞去树梢，麻雀落了一地，猫们会忽然出现，懒洋洋穿过一条小径去向某处。现在你不再害怕死去的长江。长江岸边，在绿色的荫蔽里，那一碗碗猫的可口粮食，它们会惊喜地发现，它们在冰冷的雨后的夜晚肚腹温暖。

你从长江边回来，走到黎黄陂路，走过洞庭小街，你倾听一座城市的声息。哗啦啦，沿街的牌屋很多。这座城市的每一条小街上都有许多牌屋。黑压压的人类洗牌、摆牌、打牌、结算。他们走出牌屋，面色如酱，脚步虚晃。在另一些小屋子里，是购买彩票的人和等待开奖的人。他们不安，却显出巨大的平静，甚至是淡然的。一个老太太坐在椅子上，如虔诚的教徒，等待电视机里报出一组数字。他们在开奖后陆续离开彩票屋，身影黯淡，各归属于自己的灯火。

走在你前面的一对情侣，女孩子穿红色的风衣，红色的高跟鞋跟太高了，女孩子一歪一扭地走着。男孩子说，这些建筑有一百年了。女孩子一歪一扭地走。他们真登对，都很瘦，面容清秀。但是女孩子每走一步都歪扭着脚。终于，男孩子生气了，他说，为什么要穿它出来。女孩子说，要搭配我的红风衣。

你走过他们，青春的局促，你深懂。那焕然一新的美貌的背后，太多的时候，你顿足忧伤，你的翅膀飞不起来。你不是豌豆公主，你也是一个穿着红色高跟鞋一歪一扭走路的女孩。

你的母亲也不是豌豆公主。她在青年时代，夜里怀抱一把斧子，走进黝黑的夜。月光落在斧子上，鬼不敢靠前。她踩过一团一团的黑，终于在小平原上某个窗子亮着的人家寻找到你的父亲。这个笑嘻嘻的男人端坐在别人家的牌桌上。你的母亲用力掀翻桌子。

你在今日穿过一座巨大洗牌声的城市，想起你的父亲，他在尚未进入中年的时候，笑嘻嘻坐在牌桌上。后来他上山，去禾木，每年春秋犯牙疼，但什么也阻止不了他向命运质问着，索要一桶金。他执拗地从青年时代要到中年，及至晚年的初期刚刚到来，撒手离去。

你的命显然好得多。在你青年的末梢，你执拗地向命运质问着，索要爱，上帝毫不犹豫给你了。

11 上山

禾木。

禾木河。

父亲用他年轻时抽莫合烟、中年时抽卷烟的喑哑嗓音，对你们全部人宣告，我去禾木河。

去做什么？母亲身子小小的，说话的时候挺一下腰杆，眉目和唇角，射出利箭。她打嗝，无穷无尽的怨气，需要一个出口。她用打嗝的声音惩罚父亲，包括你们一干观众、生活，以及往事、未来。

生活的每一页掀开，她的第一个动作，就是去战斗，去抵挡，去撕碎，去唾弃。

真棒！你遗传了这一基因。但是你比她幸运，你有他。

他读到这里，一定微笑了。对吧，那就笑吧。是的，你有他。于是，生活的每一页掀开，你只需平静地看见，不起身，只做你自己，那个你很愿意做的你，和小天使们共居的人间的日子，那个在记忆之河里徜徉的、自由的人，绝不受“诱惑”的引诱，去做猥琐的人。一想到猥琐的自己的样子，就气馁了，放弃，这才好，舒心了，于是你是洁净的。

禾木河。你知道那种喑哑的嗓子，说出这三个字，是何等奇妙的神秘。你放慢一点说，禾——木——河。

所以父亲在四十出头，常常说，我去禾木河的时候，你会呆住，傻傻的，因为你不知道那是一个什么地方。为什么一定要去那里，而不像别人家的父亲，在下班的钟点里，在布尔津广播新闻的喇叭声里，骑车缓缓行，回家，车篮里是一把油绿叶子的芹菜和滚动的圆辣椒、西红柿。

父亲不回家，他恰恰是离开家。一条灰色的羊毛毡，那种跪在地上擀出来的毡子；一个褥子，红色底金色的大花朵；一个被子，开满小黄花朵；一个枕头，连枕巾也带上，黑熊猫啃竹子的图案；一个搪瓷大茶杯，白色磕了瓷。他用粗麻绳把它们捆在一起，高高的，如草垛，扛在肩头，他的行李撞在院子大门的门框上，发出粗鲁的声音，仿佛在说，我一点儿也不愿意回来了。你们目送他，他胡子拉碴，回头笑了笑（有时会梦见他，他在梦里就是这样对你微笑的）。

可是，你们是悲伤的。你们觉得他是人类中最苦的一个人。他无依无靠，无亲无友。母亲比他幸运，母亲有你们，有裁缝店，有一院子的蔬菜和三棵苹果树上秋天的苹果，一口压井，煤房里每年如巨石的煤。你们饿不着，冷不着。

他偶尔回来，春夏秋冬各回来一次。胡子拉碴，皮肤黝黑，院子的大门突然撞开，他肩挑手提出现在院子中间红砖小道上。如果是夏天，蝴蝶花就全部开了，他从它们中间走过；秋天，苹果红红的，他顺手摘一个；冬天，院子平静而荒芜，他踩着雪，嘎吱嘎吱；春天，泥土裸露，风吹着电线呜呜直叫。

他放下从禾木带回来的奶酪、酥油、果酱。

对，他只是放下。他没有打算就停下来，把自己放回小平原。他第一次扛起行李离开，就没有打算再回来。

禾木。今天你认真地发音。你在多年后，才明白禾木是什么意思。

一条活的河流，流动的时候，是非常有力量的。他们图瓦人看见一排排的小浪，肩并肩，去远方，就把这个地方叫作禾木。禾木的意思就是黑熊腰背上最有力量、最肥硕的、滚动的肉。

16 子宫

你们喝着厚厚奶皮的牛奶。在笑呵呵的夏天，从青草地里返家的牛，主人愿意把它的牛奶分享给小平原上别的人家。于是，你们、你和你的小妹妹用白色的、有刻度的酒精瓶去取牛奶。咯吱咯吱的栅栏门，平滑的院子，阴凉的小房间里，牛奶桶搁在地上，牛在草棚里，晚霞在天边。主人弯下腰，用铁皮的提子，灌注牛奶到瓶中。无须付账，你们的母亲每月底，一次性预付下一个月的牛奶钱。你们默默而轻快地走回家，在铝锅里煮牛奶。大火，沸开，小火，微微地，翻卷着，如额尔齐斯河无风的微澜，端开，晾凉，奶皮微皱，如春水的薄膜。你们痛饮着醇厚奶皮的牛奶。

在笑呵呵的夏天，粉色坚硬塑料珠子的门帘悬垂，如水晶，绿色纱网的窗子 24 小时任风进出，你们的母亲进入午睡，你们不发出声音地过你们的暑假。作业本在桌子上摊开，可以写，可以不写，可以和未来无关，有酵母的面团在盆子里涨大，你们爬梯子，站到一截矮墙上，墙根铺了稻草，不薄也不厚，风来，就吹走一些，越来越薄的稻草堆，你们从矮墙上一纵身，跳下去，蹲坐在地上，无痛感，淡淡的惊险，在无声中完成。你们的母亲在生物钟里醒来，窗外苹果树的绿荫饱满，只有子宫里最安全。

在笑呵呵的夏天，猫回家来，你们全身瘙痒，从中药店取来草药熬水洗澡，在后院的小浴室里，水泥墙、水泥地有地漏，水通向后院一个深深的坑。你们坐在硬塑料的澡盆里，草药水是淡淡棕黄色的。你们在夜里依然瘙痒。猫蹲坐在苹果树下，在正午，跷起腿，挠痒痒。你们用灭苍蝇的白粉块融水给猫洗澡，那些黑色的虱子在毛皮里钻进钻出，集中到鼻梁和面颊上，于是它们全部消灭了。是的，那是一个笑呵呵的夏天，你们的瘙痒症随着猫的健康而自愈了。你们的母亲为你们熬制的、大锅的、淡淡棕色的药草水，你们坐在浴室里，灰色的水泥地水泥墙，只有子宫里最安全。

你们从不发问，父亲什么时候回来？

他偶尔回来，在饭桌前坐下，你们没有用双手奉上的姿势为他端来饭。他把筷子在桌子上并齐，响声大，他的声音永远不大，但是他咳嗽的声音大，他瓮声瓮气说，谁家的女孩子像你们这样不懂事？

你们低下头来，但并不害怕，你们聚拢过去，也坐下吃饭。炒白菜、炒土豆、炒咸菜，馒头、稀饭。你们不发问，比如，我的父亲，你在山上都做些什么？是否辛苦？

你们的父亲也不主动说他都在做什么。你们的母亲有时平静，有时打嗝，有时你们在半夜被他们大声地对话和叹息惊醒。但是你们马上又入睡。争吵和怒骂的时候不会太多，因为你们的父亲不常回来，这样的机会便不常有了。

这倒好，笑呵呵的夏天。你们在院子的南瓜架下写作业，八仙桌下你们的腿晃动一下又一下，就像风吹着一种植物。你们吃西红柿、吃黄瓜，太阳再猛烈一些，你们就去屋前的额尔齐斯河，你们的头发浸入，小腿浸入，有时干脆全身浸入，如狗在岸边爬来爬去。

她是一个好母亲，孩子们去裁缝店接她回家，她推着自行车，车筐里是她晚上想加班裁剪的布料。你们并肩走着，这小平原属于你们，柏油马路属于你们，迎面的东戈壁的风也和你们是一伙儿的，街两边的杨树的哗哗声是你们的，道路的缝隙里钻出来的青草也是。她指着河对岸的巨大油桶给你们讲苏联码头的故事，讲大矿坑还债的故事，讲河对岸往西去是一个叫吉木乃的小县城，和布尔津小平原差不多大，北河往西是哈巴河县，也和布尔津差不多大，她的三个孩子渐渐就有了方位感，

知道自己的坐标参照物是这样一些名词。

你们从街上的路灯下走过，飞虫嘤嘤地在白玻璃灯罩下聚成团，一个年轻的男子骑车擦过你们的肩膀，很大声的音乐，《粉红色的回忆》，那录音机挂在车把手上，车速迅疾，几乎有着音乐的鼓点，下大坡，这神气的年轻人，这好听的歌声，时髦的，流行的，外面的世界传来的，你们的脚步也有了鼓点，喜气洋洋，喜欢这小平原的静谧暮色。然后你们看见那小青年的自行车哐啷一声在大坡那里翻倒了。这吃惊的一幕。

你们的母亲说，这就叫乐极生悲。

原来那么美好的、荡漾着的空气，可以戛然而止。

19 手

你只喜欢手好看的男人。微笑要好看，走路的姿势要好看，眼神要好看，说话的语气要好，心灵要好，牵挂你的程度要够，头发要好，看过的书一本一本摞起来，都得好。说起故乡的事情，云淡风轻；说起未来，是对幸福不强调的笃定。吃饭的样子也得好，不挑食，清淡。凡事包容，气度就是一个君王照顾全部美好的生灵，看人的眼神要好，不轻浮不轻狂，说出的每个字如铁，留在那里，并为之承担，懂得羞涩和羞愧……

过去你不知道你喜欢的是这样的人。遇见的，你走上去的，向你走来的，你在世俗生活中，你就是一个地地道道的社会人，你得凑合，才能走下去。你从来不够坚强，如果你是坚强的，那些过往就可以都不存在了。

然后你遇见了他，他的手好看。你看一看自己的手，不好看。这双手在布尔津小平原上做家务，从 5 岁做到 15 岁。你只在小平原上生活了 15 年，然后你出去读书，再也不想回来。

你在青春期啃咬手指关节，尤其是在做数学题的时候，于是，你成为一个手不美的女人，一生。

你的父亲在你 10 岁的时候举起你的手，到阳光的窗台边，对着阳光看，他说，我看一看，你要不要去学琴。

他大约想着你不应该活得这么平凡，只会去学校，然后回家，对着

灶膛塞柴火，去煤房蹲在地上用斧子的背敲打煤块，用铁桶提回来。因为很重，所以你走一步，甩一下桶，沉重的臂膀，在你提水、倒入水缸的时候，也是走一步，甩一下。

别人的青春期都是美的，你不美，你的美到了中年以后才到来。

当然，这没有什么不好。你喜欢家务，家里干净、清爽、美丽、和平。你坐在一把椅子上，长久地端详这个额尔齐斯河畔的家，虽然这个家一点儿也不和平。怨恨是主调，愤怒的争吵是频率，分别是常态，面对面就尴尬，假装遗忘是你们做小孩的最高智慧。

你的父亲看了你的手。然后你放下手，又去做家务去了。你忘记了去文化馆学琴的说法，你的父亲也忘记了。或者，这与你的手天生就不够美有关；或者，如果它很美，你就能到文化馆学琴？你渐渐对一种感情很淡漠了。你在 10 岁的时候就如一个 50 岁的妇人，拿着抹布做事，眼神苍凉，黄昏时一只鹰飞过天空，去了不可知的清冷山顶。

你的父亲在家里踱步。如果他下山来，或者是即将要去山上，他踱步的身影就出现了。你们看他在最里的屋子里酣睡，白天也睡。你们看他从黑色的人造革提包里取出大沓的单据，看来看去。然后他在某天又上山去了。

你从来没有关注过自己的手。它粗糙，关节粗大，啃咬过的关节甚至已变形，手掌心的茧从来没有消失过，如果一个人握住你的手，只有干硬两个字可形容。你捧着你的手，走了一程又一程。

然后你遇见了他，他是一个有一双好看手的男人。当然，他不仅仅是手好看的男人。

他听从你，说禾木两个字的发音。他看着你笑，你也笑，你说，禾——木。

在他那里，你从来都忘记自己的手不好看。他也不在意，他觉得你就是你，你的全部就是你。

真是幸运。

你给他讲喀纳斯禾木的云雾。

云雾不散去，在半山腰，你坐在木头房子的屋檐下，正对着云雾，这如牛奶、白云、轻纱的雾啊，缠绕着，凝固着，不肯离去，让你端端地看着，不像真实的。

如果你走过去，到那山的山腰，手可以放在云里，脸庞可以放进去呼吸，格外芬芳。

在那观鱼台上面，喀纳斯禾木一带的最高峰，从前没有竖立避雷针的时候，上去的人总会遭遇雷击，有人的脸一半被雷击打，如焚烧过，从此就是那个样子了。你们最初认识喀纳斯，并对喀纳斯有亲切感，竟然是那受到击打的人的脸所带来的。

或许你们潜意识里一直这样希望的，人啊，不要上那美丽的山峰，不要大力搅浑全世界每一条母亲河，是的，只有河，是被叫作母亲的。

慢下来，生命里悠然的美丽，世人已不会品尝，或者是无暇触摸，于是人心日益干枯，你走在路上，竟然很难遇见好看的人了。好看的人是满心满眼的清澈和滋润。那饱足，不是饕餮，是大自然造就了他，他亦时时听着大自然的歌子慢慢长大，渐渐懂得了人间事，心平和，细细一想，是深深地爱过的，疼惜世界和生灵的。

那重重的大山，简直会飞起来，这天堂之地。

你告诉他。

20 爱

你的父亲是一个无辜的男人。他在年轻的时候，是小青年的时候，爱过一个女人，那个女人不爱他，于是他沉默放弃。

他是一个举止高贵的男人。他笑得欢畅，却温柔，如大提琴拉出的小调。他走路就有走路的样子，但不做作，小心着不挡别人的道，坦坦荡荡走在风里。风一股一股地吹来，他的脸迎着风，眼睛微眯。

他的皮肤在年轻的时候不是后来的那么黄黑。后来他去了禾木，高山上的太阳把他晒成了另一个样子。

他常常是静默的，想一些事情想得自己呆住了。你们喊他，牵他的袖子，他一怔，嘴角和眼睛都笑起来，一拍膝盖站起来，去了厨房，揭开锅盖，看炖的鱼，蒸汽笼罩他的脸。

他走了很多年，你们却看他看得更清楚。他的点点滴滴，无不是微笑着，而心里有泪。

他当然是一个不太开心的人。事业屡屡受挫，手中没有半个大钱，他的妻子不懂得他的好，不肯给他耐心，他的女儿们各有各的不平事，渐渐长成怀着忧愁的半大女孩。

在布尔津的小平原上啊，这是多么不快乐的一家人。你们在灯下的八仙桌上吃饭，吃得那样香甜，灯火把院子的黑、世界的黑、宇宙的黑，都扔得远远的，你们平安热乎地在一起，仿佛永远不分离。

但是他背弃了这无言的约定，他去了禾木。本来是做一个工程赚了钱就回来，但是他做了一个又一个，后来没有工程，又有了别的理由，反正是常年在山上，不用回来。

你们希望有一天把许多的钱放到老父亲的口袋里，看他去大街上，在棋摊上下棋，买棒冰吃，买烟抽，走到哪里都大气开怀，而不是一生委屈。但他那么高贵，从不小气，也不伸出颤抖的手。

你们能怨谁呢。他后来的许多年常常在梦里，来了，还是那样笑，整理庭院，他在梦里总是在整理庭院。

你们同他一样，常常就想念小平原大河边的院子。你们都回不去了。但是你们无一刻不是与从前的生活在一起，与他在一起。

他那么聪明，什么都明白，看在眼里，宽和在心里。他看着你，释然一笑，他说，既然你和他这么相爱，就永远在一起吧。

21 快乐

她生活在东北，很年轻、很美的时候就去了。她在照片里的样子太美丽。单眼皮的眼睛，头发有微微的波浪，洁白的衬衫，坐得端庄。她的夫也很俊美，这样俊朗的男人，在现在的世界上很少见了。他们的孩子，从别人家抱养来的男孩子，虎头虎脑大眼睛，笑得也是那样美，穿海魂衫，戴红领巾，生活有序。

你们看他们一家三口在照片上的样子，全都叹息着。用小小的少女的心灵去叹息。这样讲究的一家人，过着朴实的生活。

她是你们的小姑姑，在青年时代的初期就去了沈阳，成为一家机械厂的工人。去的时候，有亲人已经在那里了。从小姑姑的父辈起，就已经闯关东，做药械生意。后来再去的牟平张家的年轻人，就进了各种工业企业，做国家的工人，年年争取着劳动的标兵。小姑姑的弟弟，就是你们的父亲，他是家里最小的孩子，在青年时代的初期，也出发了，去沈阳，因为那里有他的小姐姐。

是的，你们的父亲，他也想进国家的企业成为一名工人，在沈阳扎根下来，同他曾经的那些亲人，和现在的最亲爱的小姐姐，一起过一种命定的生活。那时候，他的母亲还在世，生活在他的大姊姊身边，他们做弟弟妹妹的尽可以远飞。

然而，沈阳的企业和人口爆满。于是，他在一家染布厂做了大半年后被一种规定驱逐出去，必须离开，而且不允许再回来，绝对不能。

所以，这个世界上有了你们。你们因为他跋涉辗转来到布尔津小平原，并且在这里等来了你们的母亲，于是，有了你们。你们三个睁开眼睛，世界就被命定了下来。你们在一种和平里长大，在一种不和平里困惑而哀伤，在大人的流离、沉重的脚步里过早地发现世界并不是欢乐的。虽然生命蓬勃生长，本可以是欣然的。

他从沈阳出来的时候二十四五岁，他死去的时候五十六岁。这中间的三十二年，他和他的小姊姊再也没有见过。他们共同的大姊姊，还有他们共同的母亲，去世多年。

他的大姊姊的女儿，这一天，带着他的小姊姊，来到一座叫作乌鲁木齐的城市，进到病房里。一个男子听说她们要来，已经沉默等待了很久了。他知道，自己就要不久于人世，不然小姊姊不会来，小姊姊也是快七十岁的老人了。

他们终于见面了，手握在一起，先是热泪涌出，落下，然后微笑平静地说话。他的一生已经有了定论，任凭别人来评说吧，他自己已经心死了。他这一生沉默思索的时候多，微笑的时候多，叹息的时候多，克制的时候多，所以你们爱他。因为他除了潦倒贫穷，这一个小小的缺点，他始终是有能力产生快乐能量的人，他把快乐带给他遇见的所有人。现在这个世界上，这样的人也不多。

你们的小姑姑小住了几天，给他的枕下塞了做姐姐的情意。他不能送她们，他就躺在病床上，闷声不响一整天。

他终究是离开了这个世界，这中间有那么多的不和平，抱怨，伤心，委屈，无辜，无人诉说。或者他不说，你们也早都懂得了。这么多年，你们看在眼睛里，心里默默记下，他一走，你们就全部懂了。

后来你也流浪，学着你父亲从青年时代初期一直做的事。小平原上他的家，他不愿意待的，他去禾木，一去十年。你来到北京，你从北京给你的小姑姑寄去你做晚辈的心意。

她打来电话给你，用快乐欣然的声音，但是她很快就哽咽了。她坐在东北的大雪天的小屋子里，说，你知道吗？我从邮局回来的时候狠狠哭了一场。

因为她是你的父亲的小姊姊，因为她是这个世界上不多的、爱你的父亲的那几个人中的一个，所以你必然要去爱她们。

她们中的一个，也包括禾木那个善良弱小的女人，一个图瓦女人。你知道，有一天，你也会找到她，就像找到你的小姑姑那样。你放不下她们。你四处流浪，生活不易，但是，你要做的是，把她们放在心里，有一天，你不再流浪，你和平而尊严，给别人带去快乐的能力，你拥有了，就会出现在她们面前。

22 乐音

一个男人来到一个女人身边。他除了带着他自己来还带来了他能够弹奏出来的乐音的小河。

他拉二胡，坐在这美丽旋转的小河流里，邀请他的女人也坐进来，他们坐在一条河流里。

他到底爱过与他共在一条河流里的这个女人吗？这个小小个子，从出生就注定一生不会有任何安全感的女人。

你们称呼她妈妈，然后你们和她从来没有失散过。倒是他，他很早就与你们失散了。他在中年的初期去意已定，但是他不够狠，他总是在一年四季的间歇里，回来看你们。他其实再也不想回来了，他拉开院子的木门，那门从某年的某日存在，到后来的一万年风吹雨打，只打了腻子，没有刷漆，无须刷漆，他把这匆匆只打了腻子的门，和从前的过往，遇见的人，诞生的人，都不想要了。他只想独自一人，寻找他本该是的样子。

他真傻，他为什么不狠点，他真善良，他真拖沓。他用灰色的绝望惩罚了自己，也惩罚了旁的人。

你比他狠，你从不拖沓，你继承了他和她共同的基因。他只活在寻找自我里，她泼辣，从来挥刀面对命运。于是，你拖着行李箱，去了“世界”，可怕的芜杂中，什么状况出现，你都不怕。你有时在星空下仰望的时候，会回首一路走来的心酸。但是你从不后悔，你不能和不对的人

在一起。虽然在一起是你当初自己的抉择，但是如果那是错的，就得制止，而不是用最后的苍凉无助、追悔不已。所以，不能。你摇一摇头，不能。你知道死是怎么回事，那么轻易就会来。所以你才不呢，绝不在不想要的生活里耽溺。

你的第一个男人，你的女儿的父亲，他带着一把吉他，出现在你21岁的时候。他用弹拨片轻轻拨弦彝族舞曲，你抱着膝盖听，你们在一条河流里。你的父亲当年拉二胡，草原之夜，你们一家坐在这乐音的河流里，在额尔齐斯河边的月夜里。

你在吉他的弹拨乐里，一个25岁的男孩子，他会娶你，与你生共同的孩子，与你白发苍苍，与你道别。但是你让一种命运戛然而止。后来你的女儿长大，从童年到少年，某一日她看见她的父亲取下吉他，弹拨了一曲彝族舞曲，你的女儿抱着膝盖听，他们坐在同一条乐音的河流里。这时候，你在异乡辗转复辗转，偶尔歇息下来，渐渐不那么落魄，渐渐可以理直气壮地活着，同时劝慰自己，所有的放弃都是正确的。

不要用自己的命运悲剧去惩罚最亲的人，所以你有时因为太思念而恨你的父亲。他就应该在中年的初期，来个彻底了断，与这个家庭诀别，去禾木山上过他愿意的青草生活。他不会失去他的三个女儿，他怎样，女儿们都爱他。他思虑过重，就怕失去你们。

23 喀纳斯

如果你出门走，就能遇见，遇见一些人，他们的身影是黑的，混在人的中间，人的海洋，然后你遇见。

所以最好别出门，尤其是在年轻的时候，保证纯洁。但是不出门，不遇见，不仅仅是遇见人，还包括遇见一种命运，不遇见命运，你就不懂得别人的命运，不懂得，你就会轻易地嘲笑、唾弃、鄙视别人的、那弱小者的命运。如果你懂得了，你就宽厚了，用慈祥的目光看世界，看人类，看自己，看你的父亲。

在没有任何预兆的一个清晨，他走在布尔津的马路上，不，他骑着一辆自行车，慢慢地驶过道路，两边是白杨树的、熟悉的柏油马路。四四方方的小县城，在小平原上，黑马路把县城框定。有人像鸟儿一样，展展翅膀飞出去了。他从20世纪70年代的油漆工，变成80年代的木匠，到80年代后期，他无师自通成为一名包工头，这三个字不好听，可以说成建筑承包商，但是他没有那么大的气派，他不过是去喀纳斯山上盖一所村里的粮仓。那是一个很小很小的工程，与“商”无法对等。他大约是停薪留职了，他去裁缝店，隔着那个刷着蓝色油漆的木头案子找你的母亲。

她的脖颈上悬垂着皮尺，手中拿着竹尺，木案子边摆着黄色的米尺，她埋头用划粉在布料上划来划去，那么娴熟。她抬起头，看见有人进来，

进到这狭窄的裁缝店，其实就是一个铺子，门也刷蓝漆，木头窗子刷蓝漆，两台缝纫机，一台锁边机，一个熨衣服的案子，她的身后是一个货架，被顾客送来的布料塞得满满的，她的生意好极了。她是这所小县城里 20 世纪 80 年代第一个万元户。万元户这三个字也不好听，没有理由的，就是不好听。你的父亲走了进来，他把自行车靠在门前两棵紧依着生长的穿天杨旁，他使劲地咳嗽两声，然后挥动手臂走了进来。他的自行车的哐当声、咳嗽声一传过来，你的母亲就知道他来了。

他笑眯眯地站在木头案子的这一边，你的母亲在木头案子那一边。你的母亲等他开口说话。你的父亲等着你的母亲反击他，唾骂他，否定他，拉他去单位把停薪留职的申请要回来，作废，扔在地上，最好踩两脚，化作齑粉。

但是你在今日回望回去，听见那两棵白杨树冲往云霄的沙沙声，夏日的阳光，如黄玉一样美，你的母亲在夜里把一张存款单从一个铁盒子里取出来，交给了你的父亲，这是他的本钱。他将用这个钱买水泥、红砖，一切原材料，还有找工人，雇佣卡车司机，买清油大米蔬菜，然后大卡车，把这些物什拉上，他们全部人，从县城的农贸市场门前出发，穿过北河大桥，开过密密的北河大森林，向着冲乎尔而去，过了冲乎尔，进往群山，天渐渐昏黄下来，他们将在深夜抵达那，遥远的喀纳斯。

24 新娘

好女人守家中，坏女人闯四方。

你离开青春好年华建立的那个家，背着一个大大的牛仔布双肩包，你走出家楼下的长长的巷子，就来到了光明的大街上，你穿过大街，走入另一条巷子，你要穿过这条巷子，到另一条大街上，那街上有开往机场的公交汽车。你在青年时代很穷，即使是流落四方这样的大事，你也是囊中羞涩，无法有充裕的准备。

他在你的身后，他是你女儿的父亲，他不能送你，因为你们的关系已经在刚刚过去的前一刻达成终止的约定。你们拥抱了，哭泣了，你把他的衣服全部熨烫好，一一挂在衣柜里，家里纤尘不染，物件各归其位，阳台上的花略显潦倒。你们的女儿不用在场，你们说好了结束。你坚定地认为，除了因为你很早以前就不爱他了的这个原因，还有别的原因，而你不能说，你们只能结束，必须结束。

他站在巷口，大约注视了你一会儿，两分钟或者三分钟，就去了另一个公共汽车站，坐上车走了。你们的生命从此背向而驰，或者说，各自钻入自己的虫洞，永没有交汇的时刻了。

他从来没有责怪你，甚至是辱骂你。他抽烟，沉默，渐渐有泪水涌上来。他只问你一句，孩子怎么办，你就这么把她扔了？

所以，走四方而不带着孩子的女人，更是坏女人。

但是你一点儿办法也没有，你只能离开这座城市。他和女儿一定有别的办法，过一种好的日子，平和的、流畅的、安居的日子。你相信，你很小就通灵，你的预知力和判断力从来准确。

又过了几年，这几年不短也不长。你尝尽了屈辱，从前的屈辱还没有洗刷干净，新的屈辱又一层层到来。这时候你听见了一个好消息，他再婚了，你们的女儿是花童。新娘长得和他当年读书时候的初恋几乎一模一样，你真高兴。他们的新房子你去过，红色的橱柜，他请你欣赏。那时候你们也许有复合的可能，但是不能了，永远不能了，不爱是一回事，还有别的原因，你不能让一个男人的一生因你而难堪。你穿着风衣，系着丝巾，北京的风一年年穿过你的身体，你其实是另一个陌生的你了。

那个从前你们的家，那个旧房子，已经卖掉了。从前的棕色的厚实地板，墙上的花朵挂毯，淡黄色的书桌和可以折叠的饭桌，阳台上的花全体枯萎，厨房间里的消毒柜，里面装着的你们从前使用的碗碟，这些记忆，都在这样一场海啸中，全部冒着气泡嘟嘟地沉底湮灭。

你为他高兴。你对他说，许多事我不能给你说，总有一天你会明白的，你要相信我，我所做的一切都是为了大家好。

他根本听不懂你说的话，他感到困惑，他带着对你的怨恨，走入了他崭新的时代。他真正的新娘子在你之后才到来，你从来不会是谁的娘子，你对这样的附属身份认定其实是拒绝的。

25 拯救

你到楼顶去，一只黄嘴黑羽的乌鸦，在荷花缸咂水喝。它听见你上来，就踱步走了，飞了，这是你童年里布尔津小平原上常见到的鸟儿，竟然能在这灰黄苍茫、尘烟四起的城市里遇见。它们这些小生灵很聪慧，一无所有，存在着，行走着，飞翔着，流离着，却能用偶尔觅见的一口食，一口水，养活自己，心中没有欲念，只是用清澈的眼睛多看一眼世界，再多看一眼，然后某天静静离去，仿佛此种淡定是对上帝造它最好的回报。

荷花缸里的荷叶又盘旋而出，升出水面，探着春风，一年又一年，来了走了又来了。你俯身轻轻触摸荷花的小叶子，总有一天，这座城市里存在着的你，会成为记忆。已然脱险的你，看见荷花缸里的淤泥下沉，清水更清。拯救你的人，他与上帝并肩而来。他清凌凌，从此在广大世界中行走的你，就在他的视线里，他立定的身姿的朝向，须臾能够看得见你。他温热的手和唇，你常常能够俯身感知，你不再是负罪独行，你看得清楚每一种情感，你原谅自己，你想抱一抱那个女人，那个禾木的图瓦女人，她老了，心里盛着往昔的事，在晒奶酪的时候，纺羊毛线的时候，眺望远山的时候，摇动婴儿床上的小婴儿的时候，她会想起一些事，她原谅自己了么？她从来不会怨恨什么人吧？不像你，你的怨恨埋在心里太久了，简直就是沉默的火山。

如果你的父亲再活一次，你想好好爱他一场。但是你也知道，爱这个事情永远是双向的，如果你的父亲不能够真正爱你，你便无法去爱。所以你其实就是旁观者，怀着深厚的爱，怜惜世界和自己。你的手交错着，握不住一只小手帕。你空空如飘飞的气球，而拯救你的人，帮助你轻轻拉住，脚踩到大地上，山峦秀美，湖泊清澈，人心平静。

即使中原大地已成疮痍，已沤烂，已人心粗糙，不可救药，你得好好活着，眼睛清澈，如它们，多看一眼世界。拯救你的人与你同在一个时空里，他及时赶来，你埋头痛哭，说起那过去的事情，历历在目，所有的伤心的离别和深夜的忏悔，你的母亲面对你的命运，失语，失眠，惆怅。

26 花朵

你们的父亲从别人家，山东老乡家，捧回来几个大丽花的根茎，如幼小的红薯，放在地窖的沙土里。在第二年的四月，大地解冻，河流融冰，他记起来那几个根茎，把它们埋入苹果树下的花坛里。然后到了五月，绿色的嫩茎就长出来了，在风里轻摇。六月，花苞打。七月，艳丽层层、大如面的花，就盛开了。他骑着自行车进院子，推着自行车出门。

你们的母亲，从别人家那些喜欢做各样面料、各色花纹连衣裙的女人们那里，要来地雷花的种子、鸡冠花的种子，放在药瓶里，等着春天一来，她就想起了它们，开垦浅浅的沟，种子种下，沿着庭院正中的红砖慢道两侧，六月下旬它们就全部开花了。

你们流连，在有花开的地方，采来蝴蝶花的种子、夜来香的种子，看见秋天的种子飞絮在小平原上肆意飞洒，结实黑亮的种子扎着手心，童年无知无觉。

他们争吵的时候，花儿在窗外收拢着。他奋力打开门摔上门的时候，花的身影在黑夜里，他把自己融入河滩的暗影里。

他在某天从山上突然回来，坐在小厨房里吃橱柜里有的东西。她从裁缝店收工回家，看见这个男人埋头吃剩菜剩饭，如山中野人。

她只问一个问题：钱呢？你赚的钱呢？

他不回答一字，目色空茫，兀自咀嚼。问得狠了，就回答：哪有这

样快，要等着结算，你没看见我一提包的单据？

所有人都看见了，黑色的人造革提包里全是单据，各样颜色，不同大小。

但是她不会相信了，渐渐地就能看清楚一个人的全部，用他的十件事推测之后的一百件事。所以，可以绝望了。她靠近一步，身子在饭桌的这一侧，说，既然赚不上钱，那你回来上班。

他惧怕上班这件事，再说似乎也没有班可上了，手工业联合社即将解体，代之而来的是成立建筑公司。一样是承包制，没有工程就没有饭吃。他也不可能去工地上做扛水泥的小工，还不是继续做包工头。

那就在县上包工程，他的妻反应敏捷。

他用大葱蘸大酱，腮帮子咬得咔嚓响，闷声不响。

她说，你不愿意下山？

他用沉默表示了他不愿意回来。

她又问，你不愿意和我们娘儿四个过了？

他依然沉默，小厨房在院角里，土坯房子，木头房梁，锅灶熏黑，灯泡昏暗，泥土的地面，苍蝇飞进飞出，纱网的门弹跳着打开关上，眼前的女人白日里拼命做活赚钱，夜里用烫热的水泡肿胀的脚和小腿，倚在沙发里看电视，从县城的新闻联播到之后的无穷无尽的电视连续剧，是对自己的犒劳。沙发面是天鹅绒布做的，他请江苏木匠到家中打制的。他们俩在从前，在不久的从前，很愿意把这个家建设好，都付出过力量和心血的，但是生活是那样疲沓。

一个裁缝店，一个大院子，三个孩子，和她前半生所有的不安全感，全部压在她一个人身上。这是她常常说的一句话：全都靠我一个人！

而他，这个男人，在四十岁之后突然就从这个家庭里游离出去了，消匿了，偶尔回来，仿佛在客栈里歇脚，在小平原上采买上山所需的物品，然后又走了。为着一种心虚而不打招呼，不给期许。

她愤怒了，为着一种智商为人所轻所欺。她把他正喝的一碗茶泼到了他的脸上，然后迅速奔逃出去，他抬手把一碟剩菜连同盘子挥向她，纱窗门合上，剩菜打在门上。

你们三个在正屋里写作业，现在齐齐地站在了屋门前，面色悲苦。

一个女人仓皇奔逃，一个男人灰黑着面色踱出院门，去了河滩。

他绕一圈就会回来，人总得睡觉。忧愁的少年时代到来了，你们一点儿也不喜欢。

27 圆桌

你也想买一个这样的木桌。圆的，低矮的，大的，但也不能太大，不用的时候倚着墙竖着放，一点儿也不占地。

这是他去山上做包工头前的事业，做许许多多的低矮圆桌，搬进院子许许多多的木头板材。树木打去皮切割好，整齐的长条板材，淡淡的黄色，发出树木的香气。桦树、杨树、榆树，人类一来都倒下。红松白松也倒下，他的手掌日长月久散发松木锯末的味道。

他一个人当然做不过来，受了祖辈人经商的熏陶，也受着他的女人开店经营得来的生意经，他找来几个来布尔津投奔生活的江苏木匠，做大批量圆桌，按件结算，管吃不管住。除了奔忙购买做木桌的各种原材料，他也是为工人做饭的厨子，去农贸市场买鱼买肉、买菜、买米，在厨房间烧饭。中午大家都午睡，哪里有可以躺下的地方就铺开羊毛毡躺下，呼噜睡去，暂时把劳累忘记了。

家在很早以前就不像家的样子了，满脚都是刨花，还有布条，你们成了最卑微的小民的女儿。你们挤在新近完成的圆桌上写作业。你们听见他喊吃饭了，你们和工人们挤在一起吃饭。你们扫地，擦空气中落下来的灰尘和木屑，但都是徒劳。床单上也是木屑和灰尘，窗台上花朵的叶子也落满灰尘，你们在夜里忧愁睡去。没有人问你们是否忧愁，但是你们很早就被忧愁攫住了。

圆桌做好一批，就垒垒摞摞放在院角的杂物屋里。有人买，就拉走一批。山上下来的牧民要这个，放在毡房的大炕上，一家人围着吃肉喝茶。喀纳斯山、禾木山、北河树林里，再遥远一点儿的和布克赛尔草原上的人家，都会用到他做的圆桌子。

20 世纪 80 年代中期，小平原上突然流行起了组合柜，于是他们做了圆木桌又做组合柜，木屑的灰尘无休无止，咔咔嚓嚓拉锯子的声音无休无止，叮叮当当钉钉子的声音无休无止，牛皮胶熬煮的味道一直热烈着，他又着腰进进出出，脸色酱黑。生活竟然这么苦，劳动令人心烦意乱。这样的一种劳动，叫作商品经济。后来你们懂得了这个词语，是多么深恶痛绝它。

人若活着就只能如此的活法。

你在今日里静静想念，他做的大大的圆桌子，可以席地而坐，桌子刷蓝漆，每一个优美的弧度飞过去，就是一个完整的圆，他的手摩挲过的光滑的桌面，那时候你们不能享用生活美好安逸的这一面。你们是另一面。

为了那不可知的晚年，他们艰难耕作着。最初的那一点点共有的爱情也磨完了。不会有新的爱的力量崛起。两个躁动的人，是最不合适的搭档。

若一个是躁动的，另一个则需安静、沉稳娴熟。他的妻当然不是这样的人。她裁剪布料的样子如怀着武艺的刀客，剪刀咔嚓咔嚓一路走下去，当！手起刀落！她抬起眼睛看走进来的他，两手空空的他，她的嘴角犀利如刀锋。她嫁的人应该是一个有着安稳收入的男人，是她的后花园，她冲锋陷阵后的每一次转身，满眼看见的都是稳妥和静美，这才对。

28 惜福

你在夜里九点给她打电话。许多年过去了，总有十多年，她只有这个时候会“闲在”。晚饭吃了，作业正铺开，一杯温热的水在手边，她的父亲和母亲在电视机前坐下来，舒缓的，沙发很柔软。你许多年不曾在沙发上坐下，面对电视了。那样的一种生活，你觉得与自己不搭界。

她在自己的小房间里。这房间有一张比单人床大的床，铺凯蒂猫的粉色床单，她给你介绍过，这是她的母亲为她买的。你含笑，喜欢地点点头。你那么淡定，简直大气开怀，其实是世间最懂得偷懒的坏妈妈。白色的衣柜，你打开，看见一个角落里，你把穿过的旗袍给了她，她端正挂好，偶尔穿一次，在客厅里单手叉腰，来回走模特步。她的父亲问，是你妈妈的？她回答，是。

你从前婴儿肥，很多年，都那个样子。中年以后渐渐瘦下来，可以穿长裙，而不显臃肿。你喜欢用风姿摇曳的步子独自走路，感受着自己的影子，是天下最浪荡的母亲。你抬头，看见别的母亲都正襟危坐。而你不，独自走，摇曳着走，直到遇见他，依然摇曳，但“心”不再侥幸地摇曳了，靠得住的只你和他了。他相信你内心不会再摇曳，你渐渐也信了。你只把摇曳留给自己的影子，欣赏地感受一下而已。这世间最美好的感情已经拥有，最善良的人已到来，你不能不惜福。

难得会面的时候，你给你的女儿汇报，你说，你得了解妈妈的经历和现在，你要懂妈妈。

她边写作业边听你说，偶尔抬起头，郑重点头，表示同意，其实是表示无条件理解。

你放下心来，你是天下最有心眼的妈妈。

其实她何尝什么都懵然？她就是为了你开心，让你别自责，所以什么都愿意去理解，去宽容，她简直就是你的小妈妈。

你为此而流下热热的泪，独自一人时。

你对她说，妈妈并不是一个人……你不要担心妈妈在外面……

她也点头，表示懂得，用那双与她的父亲极像的眼睛温柔看你。不轻易就动感情，一种坚忍，你们双方会觉得这样更好。

她也痛哭过，在你的大姊姊的怀抱里。某天，你的大姊姊告诉她你已过上了安稳的好生活，事业看见希望，独立有尊严，永远告别飘零的境遇。

她哭了，在你的大姊姊的车里，车停下来，你的大姊姊也哭了。为着从前你的屈辱，虽然屈辱都还在那里，从存在的那一日起，就不会消亡。但是，毕竟，一种体面的生活，上帝赐予了你。你也不会不惜福，你再也不会在歧途上奔逃了。

电话通了，她在那一端说，妈妈。

你曾经问她，无论妈妈怎样，是否能原谅。

她回答，都可以原谅，妈妈。

你问她，为什么要爱妈妈？

她回答，因为我是你生的。

你并不想让你的女儿只是你的女儿，你愿意她是她的父母最好的女儿，你愿意她爱世间全体，心中不要怀有怨恨。她做到了。

你自问，自己心中的怨恨何时能彻底消失？那糊涂、荒谬和不洁净，你是作俑者中的一方。想明白了这一点，那怨恨果真淡了。

29 煤房

煤房在后院，燕子在后院煤房里筑巢。你们的母亲说，不要去打扰它！

燕子夫妻在夏天的黄昏里，在后院里盘旋复盘旋，荒废的井被一人高的草掩埋了，你们不敢走入一人高的草丛，怎么会那么高，仿佛藏着蛇。你们站在门槛上，手扶着门框，看燕子低飞，把这里当家，那么熟稔，亲切，依恋。你们的母亲说，不许动它们的巢！

它们外出的时候蛋静静在巢里。你们爬上高高的煤块堆，手探进去，摸出来三只小小的白色的蛋。你们放回去，那轻巧的巢不敢触碰，若掉下来，你们无法安放回去。你们回到前院来，得把它们忘记，忘记是最好的保护。

不久，后院低飞的燕子会多三只，它们俯冲，但不远离，多么依恋这个家啊。

你们的母亲对燕子的脾气显然够温柔体贴，你们早已不知道你们母亲温柔体贴的一面是什么样子了。她只在燕子这里，偶尔显露了一回，只这一回。

其他的时间里，她挥动着臂膀干活。她骑着脚踏车驶过布尔津的四条柏油马路。她在理发店的镜子前坐下，头发花白，法令纹深重，嘴唇如鲶鱼下垂，小腹臃肿，她是个不美的妇人了。她的胆结石随时发作，发作了就用喝滚烫奶茶的办法抵挡，她坐在奶茶馆里一碗接一碗地喝，大茶壶放在手边，仿佛怕大茶壶跑丢，她永远活在不安全里。她去乌鲁木齐布料批发市场采购衬布、拉链、纽扣、羽纱垫肩，叫一辆三轮车拉到阿勒泰办事处的大院子里，装车，货物全部捆绑在长途客车的顶上，远看仿佛一个炸药包。她站在乌鲁木齐的马路边给自己买了一瓶酸奶，她用吸管呼呼地喝下去，抹了一下嘴唇。她站立起来，挥动手臂，开步走，走入没完没了的孤军奋战里。

她卸煤，秋天的第一场风在戈壁上一奔跑，她就触摸到了。她打听当年的煤价，一吨多少钱，得采买多少吨。一个煤房能装下多少吨，两个煤炉一个冬天烧到下一个春天的末时，要用掉多少煤。她是一个精明的老板娘，她做预算，打开铁皮盒子查看存款单，打开笔记本，那些存款单的号码都记在上面，密码牢牢记在心里。她积攒一笔钱，买煤的，她积攒下一笔钱，养老的。然后，她的所有的积攒，都是为了养老。别人退休了有工资，个体户没有，所以她得保护好她的不安全感。或者说，保护好安全感。

拉煤的卡车停在煤房的后窗那里，窗户打开，煤块卸进来，她就是一个大力的勇士，你们是一队蚂蚁士兵，缺席的人在山上。你们卸煤，手脸乌黑，围在压井边洗啊洗，又去打扫院子，战场每一年都是力不从心而慌乱的。但是夜深的时候，一切又总能够停当，你们睡下。

你们的母亲哭泣咒骂，不在当夜，要在他下山回来的某一天发作。哭诉那一年一卡车的煤是如何卸载下来，哭诉家中常年没有顶梁柱，哭诉她辛苦缝纫赚来的钱被他投到水里。

你们在她的哭诉中醒来，也哭泣。后来的几年，你们听见了也不醒来，翻个身又睡着了。

反正出去读书就不用再回来了，你们都这样想。最终，无情地把她一个人留在这里。留在她自己的命运里，哭诉里。

30 悲剧

这个奇妙的小平原和平原深处的森林、草原、大河，如果一个人在这里住久了，久到三十年，就和当地的哈萨克老乡长成一个样子了。

他的老乡，山东老乡，骑着高头大马从森林的深处来小县城的四条大街上看望他。你们称呼这个山东的中年男人为老冲大爷，老冲，是这两个字吗？如果不是，又能是哪两个字呢？

老冲大爷，镶着一颗金牙，一笑，皱纹满脸，说话已经不是山东话，是哈萨克人说汉话的口音，而且夹杂着一个两个的哈萨克单词。哈拉马斯，全部的意思。老冲一挥手，说，哈拉马斯！老冲再一挥手，艾来掰来！是不要啰里啰嗦的意思。把皮恰克拿过来，你们就赶紧送过去一把刀削羊肉。老冲指一指凳子，让你们坐下来，为你们分肉。你们吃着，笑着，愣怔着，看这个大声气说话、奇妙的山东男人。他已经完全不是一个汉人了。

老冲穿着靴子，踩在马镫子上，手里是鞭子，浅灰色的涤卡中山装就出现了。

马拴在苹果树下，你们从附近哈萨克人家抱来干草，马用深情的眸子耐心等待喝酒吃肉的人。不急，马蹄嗒嗒，他们尽可以在月亮底下，慢悠悠穿过北河大桥，往森林的深处里去。

你们的父亲热爱所有的山东老乡，用缠绵的酒意把自己沉浸到对故乡的思念里。

老冲说，你家里添置洗衣机了啊。

他谦逊地笑一下，不喜欢这个话题。人们都知道南河岸上住的这个山东男人娶的四川老婆很能干，去乌鲁木齐学了裁缝的手艺就自己开店了，不到几年工夫就做了万元户。人们也知道这个山东男人一心想做出点事业，但屡屡挫败，去喀纳斯禾木盖房子已三五年，并没有听说果真就发财了。

这个说法来自他的妻子，这个逢人就要哭诉给别人听的女人。

渐渐地，他的心冷了，听的人也静默了，他们的女儿不喜欢这一幕，但也无力阻止。如果命运有悲剧，这就是悲剧了。

山东老乡登门来访，这个女人就会讲，会哭：讲他不会管理工人，一切都混乱而浪费；讲那一场大火烧毁了新盖的木屋，而他醉在别人家；讲偷虫草的工人夜里过木桥淹死在河里，工人的亲人们从河南来收尸，在大街上找见他，他便被人从自行车上拖倒在黑色的柏油马路上，任人厮打踩踏，他的白衬衫的纽扣全部脱落了，他衣襟敞开、鼻眼青肿着回到家中，等待法院的传票……

听的人不安起来，讲的人渐渐讲得唾沫眼泪横飞也不觉得难为情。当事人的他渐渐再也不想回来了，这个有四条柏油马路的小平原。他也想做老冲那样的人，骑着马儿在森林里生活，不用抛头露脸任人心里嘀咕着笑话他。

他的失败，明明是一种悲剧的命运，却被指责成他犯下的错。这句话存在悖论吗？

他独自叉腰对着额尔齐斯河发呆的时候，就想，不回来了，就在禾木待着。

还有什么可眷恋的吗？没有了。母亲已去世，没有半个儿子，亲爱的大姊姊也去世了，小姊姊在沈阳，那样遥远，飞机没人坐得起，也就不用一定要见面，再说，老的时候见也行。凶悍的妻和三个糊涂的女儿，大约是可以舍下了。

于是，他再次去往禾木。如果有人抱住他的腿，他是否就走不脱？吵过了，打过了，也抱住过腿，根本留不住一个人。

错误是全体的，似乎全体又都是对的。

31 唱曲

他不会唱歌，他会拉二胡。但是你不允许他在某天，在他的后现代里，坐在某个酒桌子上，听从坐酒庄的人的话，为来客拉一曲二胡。

这个小平原在未来的某天突然变成了旅游胜地。背包客，那种莫名其妙的人类，突然就出发了，从全国的各个角落里，向着西北高地来了。有钱的人，向着全天下的好风景去，没钱的人，向着全天下有赚钱机会的地方去。

他们望见了喀纳斯的蓝水，他们会路过和布克赛尔大草原的绿，他们都听说有个叫布尔津的小镇子可爱如欧洲小城，精美干净的一座小城。他们这么说，他们还说，河堤夜市的烤鱼很好吃。

你们并不觉得荣耀，你们有淡淡的、暗暗的忧虑，一整条河的鱼都被来人吃光了，而且谁也不喜欢穿堂风一阵阵刮过，那多心慌。他们这些人不停地来，一年一年地来，来了就坐到了酒桌子上，不知道哪里来的那么多酒桌子，他们果真如此贵重吗？

商品经济，鼓励旅游。本土人的代表都拍掌欢迎，一定要来，明年再来。本土的人民似乎也是欢迎的，物价飞涨，涨得有理，谁叫这是旅游胜地！于是大家都是既得利益者。

你也回来了，仿佛是客，怀着羞惭，从前的羞惭是河堤的家里总是在吵架，吵架的声音传遍整个小镇，现在的羞惭是你去了远方读书，工作，过着一种看似努力实则慌张的生活。你的脚踩在布尔津的土地上，并没有快乐，大地在谴责你。你本是额尔齐斯河生养的，那么清洁的水养育你，野花野草清洁的身影陪伴你长大，后来你走了，你再回来的时候，不是那个被清洁所养育的人了。

你羞惭地低下头，但是你是客，你被请上酒桌子。你更加羞惭，大家都大声说话，愉悦欢笑，酒杯斟满，一定会有人站起来唱歌。主人介绍说这是某工程队队长，建筑公司的。他唱歌，哈萨克民歌《黑走马》，加入了应景的曲调，多了油滑讨喜的意味。他停下来的时候仰头一气喝掉杯中酒。

你告诉他你是谁的女儿。他想了想，点了点头，说，我认识你的父亲。

你们都没有再说话，因为此人已故去。沉默是对的。

后来你就想，父亲其实根本做不了包工头，尤其是到了后来，市场竞争里的那些规则，他根本就学不会，也做不到。他那么羞涩，自尊，甚至是讷讷的，他怎么可能为了一个工程的关系，坐到别人的酒桌子上，为陌生的来客唱小曲。

32 妖鸟

妖鸟横空飞过，四处乱撞，斜斜擦过小平原上所有人家的屋檐，如蝙蝠，但狡黠，吐出咒语，扬长而去。

没有声音，但许多人都听见了，那翅膀腾腾。人们拉紧窗帘，蓝色的窗棂白日里美，窗台上的花固定地开，拨拉香，绣球花，猫耳朵，玻璃翠，仙人球，灯笼花，令箭荷花。

他对他的妻说白日里撞见的事，一个妖媚的妇人坐在某个男人的腿上。

怎么就单单让我撞见了，他苦恼，点燃一支烟，他说世风日下得这样快，不过这种事情哪个世代都发生。他还说起某年石灰窑里钻进去一个男人，后来另一个女人也钻了进去。他皱眉吸烟，烟灰弹落在床边的痰盂里。他的痰多，时不时要吐一口。

他的妻静静的，难得这么静美贤淑，眼睛在暗夜里黑亮，妇道人家喜欢听小道消息，可以消除疲累，并且心里的不安和不平也削减了。

他说若去山上承包工程，便远远避开了他所撞见的人和事。

他的这个理由多么冠冕堂皇，于是他的妻只有放行，让他去吧。

一代一代的妇人，妖鸟说，那有获取之心的，在劫难逃了。

你们三个被妖鸟的声音所惊吓，妖鸟不发声，但是你们能听见。

那个不过十五六岁的女孩，某天书包甩在肩头跳哒着回家，唇边笑意里含毒。过了几天便退学了，说是在教室的桌子上与这小平原上一个著名的小流氓做了那样的事情。

你们在大街上遇见这个女孩。那妖鸟的叫声响在耳畔，她的唇边依然是漫不经心的笑。她不用读书了，进了毛纺厂，系着雪白的围裙，那上面一行红字，布尔津毛纺厂。她是一名女工，不再有人来谴责她。

但是她大约嫁不出去了。

你们的母亲说，这就是坏女孩的结局，县城这么小，她这辈子完了。

那妖鸟的叫声，它是胜利者。你们三个静默着，你们不会耻笑任何人，因为你们本是弱者。某天成为强者，也没有办法学会嘲笑这两个字。

你至今还清晰记得这个女孩的样子，短头发，唇上有一层淡淡的绒毛，戴白手套，打台球，在老榆树底下，混在一群男孩子中间，那个著名的小流氓，笑声最大。做了纺织女工后，她不再去老榆树下，她骑着一辆自行车，去农贸市场买菜，回家做饭，她突然就长大了。她最后当然嫁人了，有了自己的孩子，抱在怀里，走在布尔津的柏油马路上。

人都散了，连她的青春也与她走失了。

33

陀螺

她在年轻的时候真的是美的，不是因为她是你的母亲，你就偏袒她。

眼睛清亮，含着欣喜和相信，还有单纯。现在的孩子，都很少有这样的目光了。

有一天她打开你的衣柜，你流离到任何一个地方，都会把所有衣物整齐挂好，叠好，归置好。你到了哪里，哪里就是一个有序的、属于你自己的家。

她看着你的衣服说，真好看……而且这么多。

她转身看着你，笑了，没有责怪你对自己过于好，反而是欣慰的，觉得你在自己的道路上活得有精气神。

你也笑了，为她对你的宽容。她难得这样大气开怀，总是紧皱眉头，要你精打细算过日子，不能不为未来着想，这样的话居多。

她会到你流离的城市来看你，坐在你的对面，一张小桌子，你们自己煮火锅。重庆底料，她的故乡，你的热爱。你问，半包还是一包？她说，一包。于是红油汤火辣，你们在灯下的腾腾水汽里伸长筷子捞。这个时候她暂时忘记了一生的悲哀，你也暂时忘记了半生的……半生的什么呢？

你在北京的时候，她也去看你了。落脚两年时光，完全看不见任何希望，住在地下室，铁床不结实，找来砖撑着四个角。床边有一个小书架，一个小桌子，一把椅子，偶尔半扇阳光能落进来，床单洁净，地面清亮，你是满意的。她从机场自己搭车过来的，你在公司上班，能不请假基本不请假，你也担心自己会如陀螺旋转至死。

你提着她的箱子，带她下到地下室，她跟在你的身后，竟然没有因为失望和害怕呵斥你、谴责你。对于地下室，她是觉得新奇的，住着那么多漂泊的人，她的女儿也在其中。她为此感到新奇，她在公用澡堂洗澡，然后在那垫着砖的小床上躺下，盖着洁净的毛巾被睡一个下午觉。你回到公司做事，下班时候骑车回来，在东二环你居住的这间地下室里，重新和她面对面，在一起，你们到月光下院子的绿草坪上散步。

她兴致盎然，自己去了北戴河，旅行社那种价格低廉的组团。天擦黑了，你去车站接她，她从马路对面过斑马线，远远认出你来，欣喜地笑了，你能感觉到她步履轻快的时候就是内心欣喜着。你接过她的包，和她一起回地下室。她依然没有责怪你、呵斥你当初选择流浪生涯是一个大错误。

然后，她继续以北京为原点，独自去了天津。你依然没有陪同，你得做事，陀螺一天不旋转，就永远站不起来，这个道理她懂。她吃了天津的包子，看了天津黑色的海，继续以北京为原点，去了沈阳。你们的小姑姑，她的丈夫的小姐姐在那里。那年，小姑姑去乌鲁木齐看望了她的弟弟，最后一次的注视。

你去火车站接她，她在你的小姑姑家住了一个星期，她和你的小姑姑说了许许多多关于你的父亲的事。至于是什么事你没有问，因为你认定不外乎是她的哭诉，她一个人支撑一个家几十年。诸如此类的话你们从童年听到少年再到青年，眼看着中年就临近了。你们不再劝阻她不要说这些陈腔滥调，你们已失望，如同你们的父亲对她的失望。

后来你才知道，她去沈阳对你们的小姑姑说了什么。

她在哭诉的时候当然是要全盘端出，唯恐落下任何一个关于他的“不是”的细节。尤其是这样一个致命的他的错处，必须要说到，才能证明她的苦，她的对。

她说在一个叫禾木的山上，他在那里一住十年，不愿意回来，突然有一天有人告诉她，你的男人在山上有了一个儿子。

34 大草原

大汗的军帐在喀纳斯驻扎过，大汗的脚步从毡房里踱出。

有一天你听一首叫《大草原》的蒙古族歌曲，是歌颂大汗的，歌词是：告别了多少年，青草绿了多少年，毡包里的人们没有改变。

现在的人说：每一天都在变。

你微微一笑，仿佛你正是一个蒙古族女人。你对世事看得很清楚了，眼梢不用抬起，低头擀毡就是。

大汗的车轮，辚辚地压过喀纳斯的山道，去往友谊峰，翻过这座大山，就面向欧洲大陆了。铁蹄西征，是英雄，还是残酷？

但你就是一个固执的蒙古族女人。大汗的脚步和目光，你想着，热血勃勃。血性，现在的人早就没有了，血性，不是血流成河，血性指的是肝胆勇气和义气。现在的人不懂得义气、信守的美和力量。

那个禾木女人，她擀毡，煮茶，捣皮筒里的酸奶，抱起干草到牛栏里，把奶渣团成团晒在木屋晾台上的白纱布上。她抱着婴儿走到月光下轻轻摇着，听见马啸，爱她的人来了。

你闻见了那个——诞生于 20 世纪 90 年代初期的小男婴的奶香和草香。

小男婴的照片在一个寒冷的冬天被你的父亲带回家。那个白茫茫大雪的深冬，他依然在山上，山上十月就下大雪，他赶在农历新年前回来了。大雪封山，汽车无法通行，他坐雪爬犁。刺目的广阔山野，他如爱斯基摩人，飞跃在爬犁带起的飞翔里，他紧紧拽住缰绳，以坐着的姿势，从山里下来，在白茫茫中飞驰，下到平原里，穿着绿色羊皮大衣的这个男人，睫毛布满霜花，双手粗大。

他呵呵笑着告诉你们，眼珠子都要冻得转不动了，就得用雪擦鼻子，擦脸，擦耳朵，否则到了一定的时候，啪地全掉了。

你们听得惊心，看他的额头，眼睛，鼻子，耳朵，手，全都在。

他去县上的照相馆。照相馆的玻璃窗上贴着风范大气的女子和男子的照片。他走进去，递过去一卷胶卷。他记着一个使命，下次去禾木的时候，把这些照片带回去分送。

一沓照片，你们看他装在黑色的人造革包里，于是你们翻看。山上的男人，女人，装束和长相，蒙古人，那时候你们不知道他们被称呼为图瓦人。他们笑盈盈，丰润黑红的圆脸，身材敦厚，袍子绣花。你们一张张看过去，看见了一个男婴，坐在草地里，黑红的小脸在大笑。

他是谁？你们禁不住去问你们的父亲。

你们的父亲没有回答，或者悠然从容回答了：山上的小孩。

你们竟然带着一种疑问和困惑，把这个笑得开怀的男婴看了一遍又一遍，然后放下。

这张照片随着你们的父亲回到了山里，这一生再也没有见到。

你们的母亲跑去沈阳哭诉，哭诉当年县上的人都传开了的事情：一个图瓦女人和他们共同的儿子。

然后，某天，你们的小姑姑打电话到乌鲁木齐你母亲的家中，她说，去认那个孩子吧，毕竟是张家的后。

你们的母亲没有想到这样的一种局面到来。她想了一夜，告诉你们全体：

这就是一个流言，你们的父亲本人都不承认，忘记这件事吧，再说这个图瓦女人早就搬去了和布克赛尔，一个蒙古族男人娶了她。

你们半信半疑。

35 大汗

一年四季都有风，如小翅膀、中翅膀、大翅膀，劲道不同。

从北面来的风凉，因为布尔津河里是大块的友谊峰上的冰融化的水。从南面来的风暖，因为额尔齐斯河里是阿勒泰山的白雪融化的水。从西面来的风荒芜，那一面是巨大连着巨大的黄沙的野地。从东面来的风欢快，戈壁上的野草一钻出来、长出叶片，蝴蝶和蜜蜂就舞蹈着现身了。

龙卷风也来了，大的顶天，小的在人的脚底打旋，仿佛一只小鸡，捉住草叶纸片，旋转着去别的地方玩了。大的龙卷风不是去别的地方玩，它本来就是路过，它定好的目标在远方，它要去那里，只是路过布尔津小平原一下。它来势凶猛，走得飞快，呼啦啦，布尔津就在灰土的硝烟战场里了，谁能一手掌拂过布尔津？唯有龙卷风。

是的，这个小平原名字叫布尔津。请郑重地念这个名字。你对他说，布——尔——津。

他被一种说法震撼住了、呆住了。谁能不震撼？谁能不呆一下？

孛儿只斤，蒙古人黄金部落的姓氏，成吉思汗祖上的姓氏，最高贵的血统，神的儿子。

山上的图瓦人说，喀纳斯的意思是“大汗的水”，布尔津的意思是“孛儿只斤部族的草原”。

成吉思汗路过这里，大风刮着他，两条滔滔大河滚滚向西，森林遮天蔽野，草原因丰沛的河水可以世世代代丰美。

于是他把自己的姓氏给了这里。

36 诞生

不，不，不是20世纪90年代初期，这个男孩子诞生的时间应该是80年代末期。

那时候你读初中，大姊姊读高中，小妹妹读小学。你在清晨和傍晚去河堤背书，英语单词，历史，政治，地理，文言文，一切需要记忆的东西。站在河堤上，可以望见南山的蓝，河谷的东面和西面，天空的晚霞，艾蒿在深山里呼喊，在小平原的荒野上呼喊的是火辣辣的荨麻，它们开淡紫色的花，花瓣如丝层层紧实。

艾蒿不火辣辣，它朴素、纤细，却傲然，发出如菊的芬芳，谁都会爱它，靠近它，枕着它入睡。月光一照耀溪水漫流的艾蒿地，天下就完美。

那个男孩子就诞生在艾蒿簇拥的图瓦人明黄色的木屋里。

你在初中里读书，书读得很好，常常第一。你在戈壁上归拢干树枝带回家，你去后院的煤房用斧头的背把大块的煤分成拳头大的小块，你压水，一桶桶提进屋子，倒入酱色的大水缸，缸里有一条黑色的鱼，如影子游来游去，它不能去河里，河里的鱼眼看着是要被全部捞尽的，你们只能把它养在这里，虽然孤独，以馒头渣为生，你们趴在水缸上呼唤它。

你学习好，你知道这将意味着什么，你会很快离开这个家了，这个如此美丽却撕扯你的小平原，你将在不到15岁的时候，彻底离开这里，离开他们的争吵、绝望的喘气，还有那已经丝毫不会令人同情的号哭和责骂。你的手掌心已经生茧，你抚摸着自己的手想，可以离开了，心里没有愧疚地甩开。

你在初二的暑假得来他奖赏你的自行车。女式，飞鸽牌，堂堂正正属于你。优雅的车身和车轮，连细密车筐都是优雅的，你把书包装进去。他看着你，笑意满满，说，这学期考了第一……嗯，真好。他称赞你的时候，下嘴唇抿紧一些，点点头，使劲地，注视你，肯定了你。

这一年是 1988 年，逆向地预感，这个男孩子应该出生于这一年。

他依然没有赚上大钱，但是他看起来很是愉悦，突然地就把悍妻对他的折磨抛掷脑后了，那么超然。再逆向地预感一下，如果不是因为爱情，因为一个别的女人慰藉了他的心，他不会成为一个快乐的人。要知道，他已经不快乐四十多年了，一下子变快乐，除非有奇迹。

你的母亲提出来一个要求，她想带着三个孩子上喀纳斯旅游。是的，旅游这个词语在 20 世纪 80 年代末期的喀纳斯火热地出现了。许多人都去，那种白色的长途客车，一车一车的人，戴着旅游用的遮光帽子，背着时兴的旅行包，就去了，从车窗上可以看见他们轻松的样子，谈吐举止，是真正的城里人的样子。

你的母亲说她也想轻松一下，店里的活做一辈子也做不完。钱是赚不完的，有人劝她，要对自己好点。

她决定用去喀纳斯旅游这件事来对自己好点，而且她希望她的三个女儿也能像公主一样享受生活，有见识。

他同意了，这奇妙的夏天。

37 孛儿只斤

这不是牵强，这不是自圆其说。

孛儿只斤，黄金家族最纯洁的一个部落的姓氏，自成吉思汗的父亲也速该开始使用。然后，某年，马蹄所向的欧亚大陆之上的一个小平原，被赐予了这个名字——布尔津。

你如此阐释：成吉思汗的第三个儿子窝阔台必然地被认定和器重，缘于第一个儿子和第二个儿子自小就有的纠缠不清的矛盾。那么，希望只能给予第三个孩子了。这个孩子不负众望，果真勇敢而有君王的魄力，南下灭金，铁蹄直指欧洲，即将抵达维也纳。他继承了成吉思汗的王位。他的封地，史书上记载：1225 年封于也儿的石河（今额尔齐斯河）上游和巴尔喀什湖以东一带……包括和布克赛尔。

在窝阔台大汗的封地上，有这样一个小平原，额尔齐斯河与布尔津河夹角构成的宁静土地，这大河从不迟疑，勇猛如成吉思汗的部队，如飞舞的马鬃，冲向欧洲板块，及至世界最北端的大洋。这个小平原正是一个绝妙的大码头，是由中国取水路向欧洲的捷径。

小平原虽然不大，但是它坐北朝南，北方的身后是伟大的友谊峰，整个蒙古高原的最高峰。此峰在今日面向四个国度，中国、哈萨克斯坦、俄罗斯、蒙古国，朝南面向的是中原大地。

那么，这个小平原如果正是以一个伟大的家族的姓氏来命名，没有什么不可以的。

而这个家族的雄心正是对欧亚大陆相连接所构成的一个伟大的世界的君临和掌控。这连接以额尔齐斯河向西再向北，直抵北冰洋，以伊犁河向西，进入巴尔喀什湖的河谷，此种雄心世界唯一。

所以，别说小平原是柔弱的野花和苜蓿所构成，别说小平原上忧伤的你在白日梦里不愿醒来。

这奇妙的父辈的故事：那个善良的女人是图瓦人，是成吉思汗将士的后代，这个女人在中年以后打布尔津小平原而过，向南，来到了和布克赛尔，一个蒙古族男人娶她为妻。这个女人，一生生活及迁徙的地域，正是当年成吉思汗三子窝阔台的封地。

因为这个女人，你得以靠近一千年前的事。

36 归天

他离世之前，那一须臾在世间的，最后几个分秒，大姊姊扑到他的身上呼喊他，轻拍他，摇晃他。他的最后一口气离开他的身体，然后他走了，但是大姊姊的哭声，让他在没有了气息之后眼角流下一串泪水。这么说，他的呼吸系统关闭之后，他的心脏和大脑还清晰地产生着感情和把依依眷念轻轻放下的意识。

大姊姊在痛哭中伸出手，轻抚他的眼皮，于是他永远闭上了眼睛。

离他灵魂最近的人，在最后的时刻，是大姊姊。

他的妻，你们的母亲，可以长吁一口气了。这不是无情，只能如此。医生和护士来了，用电击打心脏，用双手大力按压胸膛，他没有了任何反应。现在，医生可以在病历上写下，几点几分该病人因什么原因，死亡。

是的，如此骇人的字眼，突然贴着你们到来，拽走他。

之前到来的骇人的字眼，是癌。英文简写，CA。大姊姊肯定地说，就是那个病。你们无法侥幸了。

他拿着诊断单，没有看懂这两个字母组成的一个单词。他走在医院的林荫道里，迎面遇见一个从前相熟的医生，他们寒暄，他面色镇定地说，大约是食道癌，布尔津得这个病的人挺多，滚烫奶茶喝了一辈子，很容易得这个病。医生肃穆不语。

然后他就躺在了病床上，辗转几家医院，直到死去。

你们在那个寒冬的腊月天里推着他去太平间。这三个骇人的字眼，也到来了。你们进到太平间，他进入长条的冰冻抽屉里，仿佛他只是一个杂物，放在抽屉里，关上。他必须独自待在这里，到第三天在烈火中彻底归天。

37

美丽

直到很久以后，这中间经历了罪恶，以及后来到来的必然的悔罪，你才明白美丽的女人只能是那样的一种。

那个年轻的女子，年轻到仿佛初长成的杨树的叶片，透着娇嫩，但已然端正，充满力量。她走进裁缝店，一个方头巾的大包裹，她提起来，搁在你的母亲裁剪衣服的木头案子上。打开包裹，里面是层层的布料，她一块块取出，抖开，请你的母亲端量。一年四季，纯棉的花布到羊毛呢，她要一鼓作气为自己添置齐全。

她的未婚的夫君，静默在一旁，这屏息更仿佛是婚礼仪式之一。而她，是这场盛大仪式的主演，兼着总指挥。她横刀策马，冲锋在前，毡房的布置和细小之物的摆设，全在她缜密的思维中。她才是一家之主，是未来婴儿的母亲，是单纯的丈夫的主心骨，是渐渐年迈的老人们的倚仗，是全世界大草原的母亲。

你坐在小店一角的圆凳上挑边。衣服下摆，裤脚边，裙摆边，一根细细的针拽着一根细细的线，把挽过来的边缀合起来。你用针尖钩起布料经纬里细小的线，一面均匀着针脚前进，一面抬头看这位山上下来的图瓦姑娘。圆中带方的脸，细细但有神的单眼皮的眼睛，嘴唇和鼻梁的线条温柔端正，没有锋芒但透着坚定，身量不高，整体的轮廓柔和淡然，呼吸之间透着含羞但勇敢的微笑，图瓦姑娘。你用牙齿咬断线头，如一个娴熟的缝纫工。

那一年你 12 岁，无事可做的时候就顺着河堤来到门前有两棵白杨树的裁缝店。你帮助母亲做一些细小的活计，翻看彩色的服装书，钻进裁缝店隔壁搭建的一间小小的仓库，看父亲从乌鲁木齐采购回来的各种布匹：花瑶、朱丽纹、亚麻、丝绒、巴拿马布、条绒、灯芯绒、棉布、棉花绒。你挑选喜欢的，请你的母亲给你做裙子，然后你就穿着这裙子走在小平原的四条柏油马路上。

你的母亲说，这个图瓦姑娘做的衣服和裙子太多了，穿到 40 岁也穿不坏。

她量体，在纸片上记下来，圆珠笔流畅。图瓦姑娘告诉你的母亲她下次下山的时间，说好那一天，所有的衣服一定都要做好，下山要耗费一天的时间，她不可能有太多机会常常下山来。你的母亲郑重地点头，请她放心，不会让她“白可儿”跑路。“白可儿”的意思就是徒然的意思。

这个图瓦姑娘按照约定的时间来取衣服，她对着镜子一件一件地试。她的不久之后的夫君在门外等待。门关上，灯开着，窗帘也拉上，裁缝铺充满祥和的空气，还有她的西服、连衣裙、长裤、衬衫、呢子大衣，她看着镜中的自己，肩膀合适，腰身合适，衣襟平整，裤线笔直，袖管熨帖。她点点头，母亲放下心来。

她把衣服们装入随身带来的旅行包里。一件一件折叠好，拉链拉合。她提起包出门去，真像上战场。

不得不这样认定，她是你此生遇见的最美丽的女子。不知道为什么，就是这样的认定。

因为她的不多言不多语？因为她的胸有成竹？因为她深知作为女人所要迎接的必然的命运？但是不放弃美丽。

其实是因为她是草原的小母亲。

40 来路

你们从布尔津来，你们的父亲是一个木匠，后来并未发迹的小包工头，你们的母亲是一个裁缝，家底殷实，但并不快乐，没有依傍，喜欢哭诉，当然裁缝店早开晚关，那窗板取下来扶上去，生意永远不能耽搁了不做。你们帮着母亲把窗板的钉插好，拍一拍身上的线头，检查煤炉，确保没有火星，你们透迤走过布尔津马路旁的路灯，那灯火在漆黑的夜里何等寂寥，这空空旷旷的小平原，它果真是属于你们的吗？脚底其实是虚空的。因为你们早已知道生活里缺失一种信仰。商品经济，似乎这就是信仰。这种意识令你们痛苦，甚至发疯，你们三个都在心里暗暗下了决心，要离开，离开。

然后在某一年，你的大姊姊大学毕业留校，你和她同在一个城市里工作、生活，那时候你们的小妹妹已经去了外地读大学，这一家人就此分开。听不见半夜的争吵和怨恨了，裁缝店细碎的活计也无须你们操心了，父亲的一个一个微小的工程，不能结算工程款，常年被拖欠，他的身上总是蒙着一层厚厚的尘土和失意，那灰黄色多么黯淡、无力，几乎就到了崩溃的边缘。如果你们的母亲在半夜坐起来怨恨地对着他唾骂，他简直不想活了，他依然大部分的时间在禾木山上。

他偶尔会来到你们所在的城市，这座城市叫乌鲁木齐。你的大姊姊住在学校筒子楼宿舍的一个单间，你住在单位的集体宿舍，上下铺。

你们在最年轻的时候，眉目干净，一无所有。

你们陪着父亲去河滩公路边的布料批发市场采购裁缝店所需的物品。你们把大把的拉链、成卷的衬布、大包的垫肩、光滑的羽纱、沉甸甸的纽扣装进三轮车；你们在河滩公路上奔跑，开怀大笑，父亲坐在货物的中间，三轮车夫狂蹬三轮车；你们狂跑，在车流滚滚的边缘，推着三轮车，一路奔跑到阿勒泰办事处。

货物被拖到小旅馆里的床下，黄昏的金光里，你们和父亲去那家常去的小饭店吃饭。

这就是你们的来路。

如果有人要打探你们的背景，这就是全部的背景。你们的父亲喜欢坐着的时候手放在膝头，微笑如面对照相机，对世界怀着满心的善良。你们也一样，如果有人嘲笑你们的来路，你们就这么坐着，手放在膝头，略略悲伤地一笑。

那么满足。

41 玩具

小平原上的小孩子很早就知道如何赚钱。他们在夏天的正午提着啤酒瓶走向冰棍箱，他们搜集牙膏皮、废旧铝铁，听见收破烂的喊叫声顺着河堤灌入四条柏油马路，就全跑出来了，手里举着这些东西，换来几张毛票。孩子们用这个钱去大街上买小画书，看电影，买水果硬糖。他们还在暑假和寒假到垃圾堆里捡羊骨牛骨，上交给学校一部分，这是规定，开学交学费的时候一并交上去，另一部分卖给废品收购站，这个钱可以去供销社买开学用的铅笔和作业本。这日子！

你们比小平原上的孩子做这些事更便当，把倚墙竖立的勒勒车架到车轱辘上，拽着麻袋你们就钻到了母亲的木头案子底下，布条如山。稍大点的，稍好看点的，都已经挑拣出去了，剩下的全部属于你们。麻袋完全塞满之后就如一个结实的墩子，每人提着一个角，装到勒勒车上，三个人一起推车向河堤的老码头走去，废品收购站在那一排杨树的背后，全县的孩子都知道。

但是全县的孩子里总有公主和王子，他们夜里睡在深深的梦里，白天是体面行走的人。

你们不！要做的事情太多。

你们的父亲上山前拜托你们一件事，说在那东戈壁上有石油公司，这几个油桶要还回去，而他实在没有时间。五个油桶垒摞在勒勒车上，用麻绳捆绑结实，你们三个便出发了。大姊姊那年 14 岁，你 12 岁，小妹妹 9 岁。路实在太长，走到一半就不想走了。五个油桶坑坑洼洼，那么难看，你们越看越不想走，尤其是在大路上走，会遇见人。人，你们从何时起开始对人感到害怕。

目的地终归是能够抵达的。工人卸下油桶，你们推上空空的勒勒车从东戈壁回来。小妹妹躺在车上，拽着车拦板，渐渐要睡着。你和大姊姊并肩推车，小心着保持水平，不要把小妹妹滑下去。

勒勒车，不用的时候就离开轱辘竖倚在墙上，用的时候就搭在轱辘架上。它是你们的玩具，轰隆隆推出院子，孩子们挤坐在上面，大点的孩子攥着车把跳啊跳，那坐在车上的孩子就感到天地晕眩的快乐。有时你们还把这玩具铺上毡子，坐着更舒服，推出门，走过石灰窑，走到东戈壁的边缘，你们就折转回来，因为不知道要去哪里，世界太大了，你们终究能走到哪里？

推着勒勒车的你们和那策马翻飞的成吉思汗的部队，是不是很像？

你们的父亲行走的弧度最远是乌鲁木齐，他在深夜回到家里，除了搬进拥挤的布料，还取出三只金色的石英表，你们如公主般戴上，被乌鲁木齐那未知的风吹拂。

他在中年行走的恒定的弧度是禾木，他在深夜回到家里，结实的胳膊提着红色的野果酱，那红像一种印染花布的红，红艳艳，略黑略紫，鲜冽。你们半夜起来吃果酱，如野孩子。

42 麻黄草

他的消息，风会送来给你们。有刚刚长大的绒毛少年在柏油马路上遇见你们，他是你的小学同桌，你们正跟着你们的父亲在山下荒野里挖麻黄草。

你们的心里吃惊起来，又升起小小的羞惭。不是在盖木屋吗？你们去裁缝店询问母亲。这个刚刚四十岁的女人神色忧戚，沉默，手中黄色的米尺把布面擀平整，略略发呆，就拿起了划粉。

无论做什么，既然放飞如野兽，做事总比不做好。

你们的父亲如押车的巨人，傲然回到小平原。麻黄草装在卡车上，旺盛如青草。必须尽早卖到阿勒泰的中药制造厂，若赶上有雨，药草就全沤烂了。

这个任务交给了你的大姊姊。她上大一，回家过暑假，毫不推辞，立刻如花木兰，双眼放出坚定的神采，收拾随身的小包，不忘用母亲从前打土坯使用的绿色行军壶灌一壶酸梅汤。

谁也不会去买矿泉水喝，你们的父亲换算过，一瓶水的价钱可以买同样多的葵花油。于是你们齐齐地认为，谁发明的卖水这件事呢？谁会来买？

小平原上的公主和王子会买。但是你们坚定地决定此生不买。

于是你们的大姊姊如押车的女侠，清晨五点，车驶出东边的柏油马路，出城，路过蔬菜大队、杜来提公社，一路向东进发，过红墩乡，黑色的阿勒泰山在布尔津的东面。

她在傍晚归来，从包中取出来一张淡粉色的支票。她告诉你们的父亲和母亲，还得再去一次阿勒泰，用这个票去银行的柜台上换出钞票。她还报告了一个惊险的消息，差一点中药厂就拒绝收购这一卡车的麻黄草，因为下半部的药草已经有了沤烂的迹象。然而她不惧怕地向前呈明，说自己是一名大一的学生，暑假回家勤工俭学，为挣取下一学年的学费。于是，草药安然地被收购了。她把支票小心揣好，和空卡车一起返回布尔津小平原。

小平原的晚霞真美，在额尔齐斯河的西面。她跳下车，直接去了裁缝店。

48 克兰河

那座城也有一条大河经过，与额尔齐斯河不同的是，它打城中心穿过去，而且它的样子是另外一种——许多的巨大石头嶙峋在河谷里，河水都不能把它们覆盖，它们就如此挺立在阳光下。人爬不上去，太滑，水声哗哗如翻页，掉下去就被冲走。所以，这是一条脾气很大的河。

它的名字叫克兰河。很多人想起它就想起“咆哮”这个词语。

谁去阿勒泰，只要在大街上走，就能遇见它。大桥，七彩如彩虹，大家都说，去阿勒泰了？看见虹桥了没有呢？去的人就说，看见了，真漂亮，像个大大的棒棒糖。

这城是你们此生去的第一座大城市。你随着你的大姊姊坐清早的班车出发，路过河谷，村庄，麦地，芦苇地，草原，小湖泊，荒芜的山野，然后就转入了光秃秃的山连着山的阿勒泰城。在山与山的夹缝，这座城的所在，于是人们把屋子建在山坡上，夹缝的小开阔地则是商业大街。你们跳下班车，去往你姊姊随身小包里那张支票所属的银行。

成吉思汗也来过克兰河。许多年后你忆起 16 岁夏天和大姊姊完成父亲的使命，将卖麻黄草的钱带回小平原，交到他的手中。这是他一生中无数小工程小生意中不多的几次完胜之一。

阿勒泰，克兰河，布尔津，喀纳斯，禾木，和布克赛尔，再远到欧洲的贝加尔湖，叶尼塞河，你们在俗世价值观里浸淫得太彻底，从不去主动懂得英雄的气概，或者是残酷？你不得不用双刃剑来解释这位世界级的君王。

你也不得不用双刃剑来阐释父亲的一生和自己的一生。

从北方的蒙古国的营地出发，朝向阿勒泰而来，进入克兰河上游，穿过河流所经过的大峡谷，克兰河水进入额尔齐斯河，成吉思汗站在额尔齐斯河水边。西征从这里继续，马上，他将要翻越友谊峰，路遇喀纳斯和禾木，欧洲在望。

44 突围

当金色的光在小平原上再一次绽放，无论是秋日的金红漫漫，还是冬日的白雪茫茫，每一个人推开门，旷野在眼前展现，心中只有一个念头，那就是好好活下去。这里没有饥饿，没有羞辱，没有仓皇，牛羊成群，麦子在冲乎尔山谷里贡献麦粒，苜蓿一年年开紫色的花，青草的汁液在牛羊的齿间，大地芳香，世间最甘甜的乳汁，最洁净的赐予，就在这里，尽管她是一个没有快乐的女人。

每一天的每一分秒里她活在理智所克制的一种认定里，那就是“不快乐”。她没有朋友，从生下来，父亲被镇压，母亲在她12岁的时候病死，她有一个遗腹子弟弟，母亲活着的时候大约把全部的疼爱都给了弟弟。母亲死了之后，她的手心里握着弟弟小小的手，从此这个世界上无亲无靠，心中渐渐那一点点的爱也在急遽退后、消失、隐遁，或许永远也不出现了。

她几乎是跌跌撞撞地扑到了布尔津这小平原的怀抱里。这里一个活得比她还要苍凉的男人，成为她的丈夫。他们本来是为着互相取暖的，但是许多年来留在身体里的冰块并没有因为对方而融化，他们是刺猬，各自守卫着那一点点只信任自己的信任。你，我，分得很清。

于是在这理智所克制的一种认定里，彼此是对方的“外人”，他们活着。

她大口咀嚼着他用海蜇皮拌的白菜心。她用不满的口气说：为什么盘子要拖得离你那么近，你总是这么自私，一点儿好吃的都舍不得让我多吃点。他当着三个孩子的面不能够说什么，只是摇摇头，叹口气，放下筷子，转身离开一会儿。

这样的情景时不时就出现一次，你们感到害怕，更多的是伤心，明明是一家人，为什么相处得像仇人。尤其是，只是一个白菜的凉拌菜。简直荒诞！你们的手脚冰凉，如果未来的生活，如此来迎接你们的长大，你们一定要摒弃，你们在童年和少年以至青年，早已受够了！

这么美的小平原，而你们却是忧愁的，如此的辜负啊。你们的父亲去了禾木山上。一年四季有大段的空白，你们不知道他是怎样活着，夜里是否冷，吃的是否令胃里暖，穿的是否清洁得体。你们太小了，没有力量，不能解救你们最亲的两个人的命运。他们也许试着突围过，他的突围就是去禾木。她的呢？赚钱。存款单上的数字加起来，已经很惊人了。你们也在潜意识里决定突围，用考学的方式离开。

这么美的小平原，谁能舍得。但是那些年，只有一个念头，离开。

45 失望

她遇见一棵树，拍一拍，说，长歪了，没什么用。

她看见榆钱长得鲜嫩，就把枝条扯断，榆钱成串地捋下来，同玉米面搅和在一起，上笼蒸。大口吞咽。

她骑车，迎着北风西风气喘吁吁。广播里一说西伯利亚的寒流来了，她就穿得更厚一点，皮帽子，围巾裹严，戴着棉手套的手不灵便地搭在车把上，如果摔倒了，干脆就滚着。

他从山上带下来熊掌。这可怕之物，你们三个眉头忧郁，为着一个可爱生灵的消亡。熊掌在搪瓷锅里炖整整一夜。而她，照例大口吞咽。

她在冬天看见有人端着长枪大街小巷找狗来杀，就轻声议论着狗肉大补这个话题。

她是你们的母亲，没有信仰，没有敬畏，面对商品经济，辛勤劳作，赚钱存钱，忧苦如水葫芦浮满整个人生的池塘。

每一个母亲被打败，变成干瘪自私灵魂的承载物。是的，当人类成为一个由某种规则支配的物，异变生物，眼睛底里失去对天地的敬爱，而只是为了活着、攫取。

世界在某一日，突然令人深深失望。

因为母亲二字早已不伟大。因为此母亲不敬爱长生天，只爱占据，为自己，为家族。

你使用了长生天这三个字，蒙古人的信仰。即使成吉思汗的铁蹄溅血太多，但是，他们有一颗敬拜草原的心灵。有草原，地球才是放牧心灵的佳美之地。

46 禾木

事实上你去过一次禾木。这么多年，他在那里，离开那里，死去，家中的储物箱里收藏着笔记本，禾木乡政府奖励给他的，两个，塑料封皮，粉红花朵绽放，简直可爱，是奖励给他的，这令人发笑。有竖写的蒙古文字，红色的公章和年月日。你的母亲说这是奖励优秀工作者的，在一年到头了的时候，他成为禾木的优秀工作者。

有人情味，却那么荒诞。

母亲解释说，这并不荒诞，他在禾木十年，早已被认定为禾木的村民了。

这多么令人惊慌，尤其是作为他的女人。

他的女人虽然在小平原上日日开张裁缝店，一年到头，热衷于赚钱，其实是单纯的，易于相信人，尤其是她的男人对她说的话，虽然每一次都不相信，其实每一次都信了。

他死后的某天，你的母亲突然幡然明白，真相早就在那里存在着，他狡辩着，她假装就相信了，因为若不相信大家都没有办法活下去，为了活下去也要相信。

她在某一日的夜晚忧伤地说：那时候禾木的人来县上买东西，都是要到家里来找他的，和他拥抱，他做饭给他们吃，大家都很开心……怎么说呢？他们在一起的样子就像是亲戚重逢。

你的母亲的直觉是正确的，用词是准确的，亲戚。

有人告诉你，女人的直觉最可靠，如果你怀疑了，那就一定是哪里出问题了。

但是男人总会努力狡辩，实在搪塞不过去，就把这场“事故”定性为一次错误、失误、失足、糊涂，如果依然搪塞不过去，错就全在那“陌生的”女人那里。

怎么形容那个对于你的母亲来说是极陌生的女人呢？怎么形容那个对于全天下温良贤淑的正妻来说极陌生的外来的女人呢？

男人们苦思冥想，如何令太太破涕为笑，大度开怀，和丈夫站在一个战壕里抗击突然成为的“侵略者”。

你的父亲也如此做了，你的母亲回忆着，一字不落，其实没有几个字……

那几个字你至死也不会说出来的。

听见了那几个字，你突然变成了女权主义者。

你就想，有一天，你要去禾木，找到这个叫娜仁花的女人，远远地看着她，走近，拥抱，祝福她今日的生活圣洁、平安、充盈，是长生天的保佑，她的收稍是美好的。是的，蒙古人的信仰。

有一天，因为“伟大的事业”，你来到禾木。飞机从北京到乌鲁木齐转机再到喀纳斯，到时已经是傍晚了，漫山遍野是九月中旬的金黄，夕阳的光的影子如急速飞逝的飞行物从那边的山，抚摸到这边的山。你每次来到喀纳斯就想到你的父亲，他匆匆的五十多年的生命，有十年分给了这里，这十年他最轻松最快乐最乌托邦。因为毕竟是乌托邦，他只能下山，下山后不到三五年就离开了人世。你们全都是失职的，不能够给他快乐和平安，你们只会向他索取平安和富足，而他给不了，虽然他是个男人，一家之主，但是他就是给不了。而禾木山，一个图瓦女人，能够给他平安和温馨。于是，他十年滞留在那里。

在喀纳斯住了一晚，第二日行程安排为去禾木住一夜。

是的，你的脚踩在禾木的山野上了。你看见父亲曾经走过的禾木的木桥，那桥已经苍白，流水激激，你还看见了禾木的炊烟如牛奶，禾木的森林漫山红遍，禾木的牛羊，禾木的孩子，禾木的洁白毡包和明黄色

的木屋，禾木的格桑花，禾木的一切，你只想用手掌细细摩挲。

它们从前在你的父亲的视线里，他低头、抬头、躺下、在睡梦中、在白日里干活，他看见马儿奔跑、牛羊入栏、月亮从东山上升起。他热爱美。安静的女人抚慰了他的冰冷漂泊和事业不可能成功的灰心沮丧。

你从禾木乡的图瓦人家中穿行而过，到高高的山岭上，俯瞰山湖。你明明从禾木的图瓦人家中穿行而过了，你却没有停下来，连问都没有问一声她。

彼得三次不认主，你两次错过她。

有意错过。

现在，你已经历飘摇风雨，饱尝屈辱，你心意已坚定，要向禾木而去，找到她。

所谓的飘摇风雨：不过是在年轻的时候遇见过这样一个男人。先是热爱，然后那热爱的劲头过去了，在一些事面前，彼此的恶被激发，然后是抛弃，遗忘，憎恨。能忘记的全都忘记，不能忘记的是他对你的轻视一笑，说你是撒谎精，会演戏，制造事端，他不承认你身体里的痛和屈辱。原来他如此软弱，如此心狠而轻薄，如此游戏一场。你本来不是游戏，在这样的收稍面前，你恍然认定了那从一开始就是游戏一场的预设。如果有那么一点点的郑重，也是可疑的，不成立。只有离开这一座城市，那一年你不过 28 岁，貌似成年了，懂事了，其实幼稚而轻浮，脚底已见万丈深渊，你如何逃脱出这场噩梦。

47

蔷薇

没有促膝而谈，那种款款的深情，如他，你的爱人，多年后所赋予你的，这样的一种坚固感情，你渴盼了太多年。

因为争吵及目睹争吵，家庭成员同时选择了以沉默充斥日常，这沉默如南山石头上盛开的坚硬的花朵，蔓延蔓延，直到布满，完了，大局已定，其实早已难以挽回了，对宁静温馨的希望，彻底不可能了。

即使各怀心事，并不意味着没有开怀大笑，每年初夏的小小的旅游，去布尔津河，大家都叫它北河。

骑车去，车筐里装着菜地里摘的黄瓜西红柿，集市上买的凉皮烤馕，头天晚上煮好的熏牛肉，榨菜疙瘩切成细丝淋上芝麻油和酱油，酸梅汤，旧床单，防蚊水。你们的母亲斗胆把裁缝店的门窗在白日全部关闭，不做事了，人不能不懂得享受生活，她在心里给自己的那一点点不安打气。

北河的水哗哗流动，自友谊峰而来的冰川之水，流经喀纳斯，在那里被称为喀纳斯河；流经禾木，在那里被称为禾木河，这些水汇拢到一起，共同来到了布尔津小平原的北边，被称为布尔津河。你们席地而坐，在布尔津河畔的密林里。旧床单铺开，吃食摆上，你们去水边看水，看柳树站立在水中，水茫无涯际，水声如诉。

你的小妹妹，在文化馆里学习了绘画的基本技艺，石膏像，铅笔擦出的阴影掉在一边，出现在她的画夹里。她面对着水绘画。你的大姊姊，已经长成了长腿姑娘，她倚靠着自行车和女同学说话。这位女同学和她做了一生的好朋友，布尔津河畔她们的合影令她们每次看见，就都不会放弃这份感情。你去蔷薇丛看花，洁白的、淡粉的、淡黄的、蔷薇花，从荆棘中轻巧钻出。你轻触花瓣，忧心忡忡，你不知路究竟在何方。

你们的父亲又一次从山上下来，以一种庄严，和你们的母亲共同预测，或者是规划你们的未来。

供销社买一个站柜台的指标吧，我去弄。你们的父亲说。

你们听得心里一惊。你们同时抬头看大姊姊的表情。

大姊姊没有说什么。你们的母亲那尖利的叫声已经响起：

“亏你想得出来，给女儿谋划了这样一份前程，你一年到头在山上不下来，下来就出馊主意，你就是想轻巧逃避责任，把三个女儿都打发了，你就永远不用再回来了。”

你们的母亲的逻辑性极强。

为了证明她这智者拥有先行一步的谋划，她郑重宣布，大姊姊如果考不上大学，就去北京上服装学院，她已经给院长写了封信，院长竟然回信了，欢迎一个裁缝的女儿来读书，自费，但文凭是受到承认的。

她说，服装学院招自费生的广告印在服装书的封底上。

你们的父亲这一次是认认真真地微笑起来了。他难得这么心悦诚服地微笑起来。

大姊姊的前途如此预设。

下一个就是规划你的了。你的母亲说，我的店总得交给一个孩子吧，那么你考不上学的话，就来店里，从学徒做起。

你以沉默表示你没有听清。一种糊涂，很赞。从学徒做起，你一想起锁扣眼、挑边你就厌倦。你在某一天重重地摔门，歇斯底里大哭，为着一种抗议，或者报复。

那么第三个孩子呢？会说一口流利哈萨克语的你的小妹妹。你们的母亲说，可以去阿勒泰师范学校读书，毕业了进县委做翻译。

县委大楼是米黄色的。小妹妹在她 12 岁的时候扑哧扑哧大笑起来，为她的光明前途。

你们一家人因为明确了目标在哪里，活得便不再那么摇晃了。但是一种荒诞感令三个孩子面面相觑，大笑。

46

苦豆子

他的工地，你们竟然从来没有去探视过一次。这糊涂的三个女儿，活在梦寐中，游荡在戈壁上，摸着一棵苦豆子花，白色的、端正的、不波不兴的苦豆子，你们如此称呼东戈壁上常开的花，没有人这么称呼它们，唯有你们。空气里它们散发苦苦的气味，你们闻见了，就如此表达了。花瓣落，结青如小苹果的果，秋天就成了如豆荚的壳，籽粒在里面，籽粒铃铃地飞扬，第二年的戈壁上，铺天盖野的苦豆子。

你们闻见了生活的苦，他的黑色的脸转向你们，衬衣的领子、袖口也是黑色的，胡茬是黑色的，眼睛在黑中痛苦地浸泡，仿佛绞刑架就要到来。他倒下去，把褥子睡出一个人影，不起来多好，他一定是这么想的。你们喊他起来，他困顿地从沉沉睡意里挣扎爬出，起身，在床边呆坐，徐徐地说不喊醒我多好，梦见大姐了。

你们的大姑姑，去世多年，最疼爱他。而他，自从流落到小平原，包括之前流落的岁月里，再也得不着他人的疼爱了。你们去院子里，悄悄说他梦见了他的大姐姐。天，谁能是他的贴心人。你们不是，他的妻不是。这一生可以是混沌的了。

你们去喀纳斯度假，哦，度假这个词语怎么可以属于你们，你们从来不是公主；你们去旅游，哦，旅游这个词语怎么可以属于你们，你们从来不是文明的汉人；你们去看望他，哦，你们根本就不是看望他，你

们趴在山坡上采野草莓，小小的，结实的，黑红的，甜如蜜的，放进啤酒瓶，可以不被挤压，要带回小平原。

他对你们说出了一个请求，请你们帮他洗一些衣裤。天，竟然要他说出来，你们才去做，这糊涂的三个女儿啊。在喀纳斯河谷，一丛丛柳树下，你们在晚霞的光照里洗衣，他的白衬衣，黑裤子，白背心，他的一切。真想再来一遍，为他多做些事，如同一个小妈妈照顾他。

可当初你们情感呆傻到零。

喀纳斯的水与额尔齐斯河的水有不同，而令你们新鲜、快乐着。他的衣裤晒在你们寄居的图瓦人木屋的院子里，你们在屋里的大炕上打牌，除了爬山就是打牌。

喀纳斯不吸引你们。身后的北方，友谊峰背后的欧亚大陆、欧洲大陆，不吸引你们，只因太荒芜，你们喜欢前面的南方，一路向南，向中原挺进，那里是何等好年华。你们错了。

你们是坐他拉砖的卡车上喀纳斯的。回去，得另外找车。他叉腰来回找，看见那种文明人旅游乘坐的白色长途客车，就去问可否再挤下一个女人带着的三个半大孩子。他请司机吃饭，拌面，吃得沉默。你们看见白色客车开走了，你们上不去。你们都想，拌面白请了，而且那种沉默进餐，为着一个请求，而请别人吃饭，你们咬着唇坚决不喜欢。

有工地的卡车下山，你们终于可以下山了。哈哈大笑，因为坐在车斗上，大风猎猎，你们用麻袋片遮风，徒然努力，从白天到黄昏。你们的小妹妹突然病了，山风受凉头昏沉，她坐在驾驶室里颦眉沉默着。

啤酒瓶里装着满满的野草莓。华灯初上的小平原，你们跳到柏油马路上。

一种被折磨和纠结之感，而不像是旅游。果真的，旅游不属于你们。

49 太平

咖啡馆，小平原上突然沿街出现了卖酸奶、有火车座的咖啡馆。红色方格的人造革火车座，中间一个长条茶几，人和人面对面坐着，白色的陶瓷碗装着白色的酸奶。你们一家五口决定黄昏时候来一场散步，从南河大堤坝走到南河大桥上，下桥向北，踩到柏油马路上，就进入人间烟火里了。

你们的父亲，一个温润的男子，走路沉稳、面容和善，见世界、见人都是那么欢喜的神情，肯定不是装出来的。他微笑了一生，直到死，还对医生和护士和同房间的病友，抱歉地微笑着，用那么凝重纯洁的目光。

你们的母亲，一个矮小的女人，丹凤眼如剑锋闪亮，左看右看，就全明白了，没有人能欺骗得了她，总是使用着抵挡的姿势，连同温情和善意，也被她抵挡跑了，结果就是，没有人愿意带着善意来拜访她，因为以着她的精明，所有靠近前来的，必然暗藏着一种阴谋。

在某个夏天的傍晚，他们俩想要和解，所以有了这场盛大的散步行动。你甚至连猫都抱着出发了，而他们温和到都没有命令猫不准去。猫在火车座上落座，在一张纸壳上舔白色黏稠的酸奶，你们低头用铁匙一勺勺挖酸奶吃，他们也沉默着吃，看玻璃窗外马路上行走的人影，渐渐昏暗。

布尔津小城上空一种淡紫色、淡青色、淡粉色、淡黄色、似烟非烟、似云非云的气体，在你们的头顶安静盘旋。这样的本来应该是每一个人的生活常态的情境，却一生只出现了这一次。大家心平气和，有今天，也有明天，后天也是安全的。但只此一次，之前是不安全，之后亦是不安全。

于是，他们根本无法和解。他又去了山上。她依然在山下裁剪布料，间隔一阵子，就有粮店、水泥厂、榨油坊的人上门讨要他欠下的债款。她抗拒着不支付，但终归一笔一笔全都替他支付了。

她在半夜号哭，她在白日找人哭诉，她愁眉不展看电视。

但是，她是多么好的妻子，无人能做到。如果是你，你会怎样。你说，会离婚。

是的，你们的母亲是个好女人。虽然她确实是一个精明的悍妇。但是她坚守阵地，一直到他死去，到三个孩子有了三个孩子，还有后来到来的三只猫。她蹲在地上清洁猫砂，倒出猫粮和清水，她给自己制作蔬菜沙拉，喝红茶看书。她在某一日惊喜地说，这样一种安逸的生活竟然能够为她所拥有，简直是奇迹。

已经死去的他，心里是懂得的，这个女人爱他、护卫他，虽然也贬损他责骂他，恨铁不成钢那样地颤抖着声音咆哮。

太平日子从来没有过，只有那个吃酸奶的咖啡馆的黄昏是太平的。

50 温馨

喀纳斯在左，禾木在右，可以站在山巅彼此眺望，它们同布尔津构成一个长三角形。

20 世纪 80 年代末期的那个夏天，那个禾木的女子就存在了，存在于你们的父亲的生命中，或许他予以否认。生命？他会说，如此小题大做，不过是偶然相识。

他对你们的母亲的解释是：牙疼，而她照顾了他。

再不会多说几个字了。因为无足轻重。小平原上的人们被山上一阵风卷来的话语捕获，他们窃窃私语，放声大笑。你知道的，那种比放浪还放荡的神情，存在于普天之下，这猥琐的神情比当事人本身更猥琐，会令一个人主动选择死亡。

你们的父亲，一个山东男人，笃守做人的礼义尺度，平生只一个理想，就是要做一个好人。虽然他还有赚钱的理想，过宁静生活的理想。

他必须予以否定，保全他的尊严。他不是怕他的妻子伤心，他是要在人群中活下去。他把人群看得太高了，如果轻看人群，会更好些。

他有许多的山东老乡，分散在布尔津小平原上、柏油马路上、公社里、蔬菜大队、麦田里、牧场里、芦苇地边上。如果有血脉，他与他们共建立了。如果他们一起来嗤笑他，他不得活下去。

山上带出来的消息，工人们，合伙人，汉人，很轻易就带下来了。

说是在禾木有这样一个死去丈夫的女人，带着四个孩子，生活当然是不易的，有男人肯帮助她一把，那必然的代价。三年五年、七年八年，一路走来，孩子慢慢长大，家园没有荒废，多亏了那些肯帮助她的男人。然后在某一年的一天，一个汉族男人从喀纳斯来到禾木，他在禾木承包了工程。大约和在喀纳斯一样，为乡政府盖粮仓或者别的什么用途的房屋，吃住在乡政府，或者是村主任的家里。谁也无法还原事件本身，他们是如何相遇的，以及她对他的照顾，和他对她的回报。

没有什么可以指责的。他一直期盼的温馨的人生，只在禾木实现了。别猥琐地揣摩一个男人和一个女人的相遇。别，他们反而显得圣洁。你的价值观混乱了吗？是的，你宁愿不要看见一个男人和一个女人如世仇般的争吵，怒骂相对，拂袖诀别。你宁愿一个男人和一个女人沉默地互相给予关心和怜惜。

在 20 世纪 80 年代末期，这个沉默的女人生下了她的第五个孩子。这个孩子的父亲被汉人们指认为你们的父亲。在这一年，他在禾木买了两匹马，一匹母马和这母马的儿子。

51 天意

许多年后，这中间发生了太多的事。尽可以把生命和生活结合所竖立起来的命运，看作一个狭长的，无限延长，如壁画的舞台。无论是蒙昧罪恶，还是跌跌撞撞，流离艰辛，及至某日光芒突降，完全地笼罩住，一个多舛的生命。

他以天意，向你伸出手，拽你从泥浆里起来。他说，你是怎样的，我就会把你当怎样的人看。

你记住了这句话，也把这句话献给你的父亲。

52

三个女孩

一幅外国人画的油画。你们这样描述，三个金发圆脸女孩子的合照，但那不是照片，是油画的印刷品。从新华书店买来，它的名字叫画张纸，一卷一卷地归拢在玻璃柜台上，你们徐徐展开挑选，带回家贴在客厅的大墙上。是的，那时候你们的家终于告别了木工作坊和裁缝作坊合并的岁月。圆桌都卖掉了，工人已经撤退去了喀纳斯。走之前，你们的父亲把土坯房翻修，家里添置了咖啡红色的组合柜、天鹅绒布长沙发、席梦思大床，窗户是开阔的，几乎被苹果树的繁枝遮蔽住。你们在少女时代的初期开始了布置房屋这等大事。你们几乎没有意识到，少女时代的末期一晃就到来了，然后消逝，你们去了远方，几乎没有来得及品咂，那优雅的居住和行走，和会心一笑，全都没有，只一晃，留在记忆里的只是那幅三个女孩子挨在一起的画。

你们用图钉把画张纸摁在墙上，你和小妹妹站在凳子上，大姊姊在地上指挥，高度和水平度，它的淡金色和浅棕色永远闪耀着。

水泥地面在夏天泛着清冷的幽光，你们把凉鞋脱在门前，赤脚走进去，窗台上一排排的花，猫正在其中酣睡，通向后院的房门打开，穿堂风如井水般清凉，带着苜蓿草的质朴香味，天空安静极了，没有任何机动车路过的声音，没有叫卖声，没有吵架声，没有高昂的交谈声，戈壁保持着尊贵，敛容息声。

你们仰躺在属于你们的木床上，床单在河水里洗净，在河岸的鹅卵石滩上晒干，带着阳光的味道回到家中。在花朵和花朵的并肩中，你们午睡。

后来，这个后来指的是中年的初期，你们百度搜索那幅画，关键词是三个女孩和油画，无果。

他一走，家里倒进入了日常的有序。他带着无愧于心的心去了山上。

瞧，我盖的新屋，用的我卖木头圆桌赚的钱。他会这样对自己说。

没有歉疚，是天下最愉快的处境。

于是你们的母亲在心里点了点头。前院的压井也打好了，他带着工人亲自打的，黑苦着脸，叉腰进进出出，孩子们见了都躲开一些，没有人是他的得力小助手。他的黑苦，太有道理了。土坯的院墙也修葺一新，刷白石灰，就连院子西南角的厕所都规规矩矩，洒了白石灰，种了玉米和向日葵在隔板外面清洁的角落。

放他走吧，小平原上他已无用，联合社真的解散了。你们的母亲与他商量，要不就在集贸市场租一个摊位卖布，反正这么多年进货的渠道已经谙熟。

他从前有过这个想法，但是他立刻拒绝了。一个山东男人，站在集贸市场里卖布，这个画面惊吓了他，而且他已经开始惧怕他的悍妻，无法相处，不如躲开。

53 流言

那些在20世纪80年代中期来到小平原的江苏木匠，来了就都没有回去。即使后来各自找到了属于自己的活路，赚了钱，也没有离开小平原。大约他们很老的时候才会回去，叶落归根。

这些江苏木匠当初到来，先是去手工业联合社的木工房找活干，或者请联合社的师傅们介绍活干，有哪个百姓的家里要打什么家具，有了这样的消息，他们就会去。

然后当某一天他请了停薪留职的长假，把家里当成木工作坊，堆积板材，打制圆桌和组合柜这样的家具，卖给牧业上的人，也卖给小平原上的居家小百姓，这些江苏木匠就投入到了他的这项买卖里，计件领取收益。他们每天切割部件、推刨花、开槽造隼、刷胶、钉钉子、打腻子、打砂纸、刷油漆，成了。

后来，他决定去喀纳斯承包工程。他说给他们听，他们立刻表示愿意继续与他合作。就这样，他带着江苏木匠们，还有在小平原上新招募的内地来的小年轻人，向喀纳斯挺进了。

这些内地来的工人们，包括他自己，他们那个年代，二十世纪六七十年代，从内地来此地谋生的人们，有一个统一的称谓，叫作盲流。

盲流的孩子们在小平原上长大，有了公安局承认的居民身份，这些孩子们看见南大桥长途客车上下来的内地来的陌生面孔，就会轻薄地说：

“瞧，来了几个盲流。”

一代一代，都这样，完全忘记了自己父辈的来路，也曾是这般仓皇，渴盼着帮助。

这些江苏木匠中有一个瘦高而老实的孩子，他来的时候不过二十来岁，初中毕业务了几年农，就跟着同乡们出发了。谁也不知道他这一出发，他的家族血脉从此就注入了成吉思汗的基因。他在喀纳斯修建木屋，认识了当地的图瓦姑娘，他们恋爱了，然后顺理成章结婚了，有了两个孩子。并且，不再做苦力的建筑工人了，他和图瓦姑娘一起把家安在小平原上，开了马奶酒厂，从此，就在小平原扎根了。

有一天，这一天是很久远的一天，这时候，小江苏木匠已近知天命的年龄，他接到你打来的电话。你在很遥远的长江边，你们中间隔着的不是旅途，隔着的是你们的父亲苦黑的脸，那些如海洋的刨花堆，和那个安稳的小平原。你说了你是谁，他非常开心，听声音知道他是个快乐的人，他年轻的时候就是爱笑的。

你有些吞吞吐吐，你害怕你的问题是个笑话，但是你依然说了。你问，你的太太在吗？

他的太太，就是那个图瓦姑娘。

你的母亲哭诉的时候讲起过：

肯定是真的，你们的父亲和那个叫娜仁花的女人有了一个儿子，小曾的老婆亲口说的。

小曾的老婆正是娜仁花的少年伙伴，这个消息当然可靠。

小曾就是这个江苏小木匠。

他的太太的声音也是快乐的，两个快乐的人走到了一起，真是人生幸事。你问她，可有娜仁花的电话。

她一时没有明白这是什么情况。她用流利的汉语问，你找哪个娜仁花？

叫娜仁花的女人草原上遍布。这是蒙古族女人的名字，图瓦人也用。

你想说，是那个与我的父亲好过的女人。

但是你竟然不知该怎么继续这个电话交流，你想结束。你最终很匆忙地表示了打扰他们的歉意，很快放下了话筒。

你暂时切断了这条线索。因为这件事的荒诞感，以及小平原上风起云涌的流言，也许只是流言，而你当真了。

在你的母亲的随身笔记本上，记录着小平原许多人家的电话和熟人的手机号码。她每年都要回去一次，带回来无数的消息，住在她青年时代的朋友家。那个女子也是四川人，两个四川女人价值观总是合拍的。她们傍晚散步，到南大桥上，旧大桥在一场洪灾中毁坏，于是，在上游新建了新的南大桥。旧桥后来修葺好，可以人走动，车辆不能通过，是怀旧的物件，摆在河堤夜市所在的河谷上。大桥的花纹精细，是莲花，月亮照耀上去，就会有灵气氤氲开。

她们几乎要胳膊挽着胳膊在一起，大半辈子互相看着走过来的。其实都老了，眼花，头发白，但是两个人一见面，就都回到了年轻的时光里，这年轻藏在眉眼的笑里和轻快的步伐里。

她的这个闺蜜是个传奇人物，似乎有传奇的女人愈往后，看起来比任何人都平静，比圣女还平静。这奇怪的逻辑。

现在说她的笔记本。

也是个粉红色的塑料封皮笔记本。你的小妹妹悄悄打开，找见小曾的电话号码，传给你。你拨出了这个号码，但是没有很好地完成任务。

你和小妹妹商量，到底要不要找这个女人和她的这个小儿子。还有，这件事到底是饭后的闲趣，还是当真有其事。

你的小妹妹说，母亲哭诉的样子，仿佛这件事是真的。而且她嘲笑了父亲，躲避开，下了山，从此再也不回去了。这嘲笑里其实有欣慰，但她又是怨恨的，他竟然与别人有了孩子。

她的哭诉让每一个人听了，都会相信这件事确凿无疑，包括你们的小姑姑。

你们几乎心思和口径一致：那还不快去山上把这个孩子找到。

你的大姊姊也是这个态度，她说，我们要帮助他们。

是的，不仅仅是这个孩子有可能是亲生的弟弟。重要的是，应该去帮助他们。一个女人曾经对你们的父亲好过。一个可爱可怜的孩子诞生了，没有父亲。怎么说，都应该去看看，去帮帮。

是的，对你们的父亲好过。这个好，不是轻薄的相好的意思，就是单纯的好到照顾他，帮助他，安慰他。这个一生得不到除了自己的母亲和姐姐之外的人的疼爱的男人，在中年以后竟然遇见了一个爱惜他的女人。

你们当然被感动了，为你们没有做到的，感到愧疚，并想予以偿还。

但是你们的母亲被伤害了，发出低低的、震怒的吼声，她说，谁也不许去找。

就这六个字，反而很有力量。

她的立场没有问题。

54 图瓦

毡房和木屋共生。

那种在哈萨克大草原上的、由毡子和木架搭成的毡包，图瓦人也使用着。

白色的羊毛毡裹着的毡包，远远看着，和野花在一起摇曳，像湖泊，像月亮，像羔羊。

钻进去，你会看见一个坐在地上的火炉，连着大炕，炕上铺满花毡。有的人家是两架木床，木头刷明亮的黄色。有橱柜、铁桶，有天窗，光从那里泻下来，圆如天穹的毡房环壁上挂绣花的围布、成吉思汗像。全家人的照片，放在镜框里。

打开橱柜，可以变出来奶疙瘩，软的，硬的，甜的，酸的，原味的，金黄色的，灰白色的，硬如豆腐干的乳黄色的，长条柱状的，方块状的，巴掌状的。

还可以变出来大块的装在羊肚里的酥油，明黄色的，用勺子挖出来装在小碟里。

还可以变出来铁桶或者塑料壶盛着的马奶和骆驼奶，还有酸奶。

总之，你走进去，在炕上的小方桌旁坐下，女主人便懂得了你的意思。她取来茶碗，茶壶正坐在铁炉上，用砖茶熬出来的清茶是艳丽的金色，兑入浮着奶皮的牛奶，递给你。你用那把精致的小铁匙挖一勺酥油，丢进碗里，看它融化，浮起油花，于是这奶茶就醇厚了，滋润了你的唇、肺腑、肠胃和心灵。

女主人去毡房外的地炉旁边取来现炸的包儿萨克，又是明黄色的。你用这菱形的面食蘸着奶茶上浮着的酥油和奶皮，吃进嘴里，这面食是用羊油炸的。于是，你回到了童年。你只属于这里，这一辈子都不可能改变了，所以你总想着回来，回来。

毡房和木屋并用，到了冬天，就全部住进木屋。

明黄色的木屋，木的挡雨露台，木地板，木墙壁，木床，密实，阴凉，清洁。

这木屋的建造和使用是和老俄罗斯人学来的。

十月革命是20世纪20年代的事情。一批老俄罗斯贵族躲开了血洗，逃到了喀纳斯。他们翻越友谊峰，来了。带来了黑蜂，于是喀纳斯的蜂蜜至今由黑蜂的后裔们酿造。他们搭建了木屋，于是喀纳斯的人们至今仿照着这种木屋的结构建造着木屋。每年夏末初秋他们采集野果，熬制果酱，于是图瓦村落的女人们也为自家的餐桌增添了一份美味。他们竟然使用牛粪清洁地板，于是只要住木屋的人，都知道这个养护木屋的妙招。

这些老俄罗斯人在这里生活得很好，感谢长生天。一直到20世纪60年代，他们住了近半个世纪，当初嗷嗷大哭随着大人逃命的婴儿已经成家，有了自己的下一代。许多老照片从各种渠道被找到，孩子们依着木栅栏，妈妈就在身边，对着照相机的镜头，那么纯净的目光。

这些照片积攒起来，有一天，在禾木的一个木屋外的旋转走廊里，展出来了。

他们在二十世纪六七十年代全体遣返回去，应该是安全地抵达了自己的祖国。

有多少老俄罗斯人会把喀纳斯和禾木怀念呢？

总之，图瓦人虽然在深深的、中国最西北的山里生活着，却不动声色地从许多民族那里学来了本事。

图瓦人在古远是打猎和捕鱼的民族。他们最古老的祖先居住地大约是西伯利亚一带，这个纬度与鄂伦春人的生活地相同。他们也是以打猎和捕鱼为生的民族。

后来，图瓦人迁徙，在牧草丰富的贝加尔湖和叶尼塞河一带，逐水而居。于是他们成为游牧民族，从狩猎变成了放牧，自给自足，告别血腥的时代。

直到有一天，图瓦的一支继续南下，来到了喀纳斯。他们在这里遇见了前来的成吉思汗，并被收为大汗的子民，一部分图瓦人跟随西征，一部分图瓦人驻留此地，看护大汗的水，山下是孛儿只斤家族的草原——布尔津。他们由蒙古人管理，使用蒙古字，说蒙古语。

他们也说哈萨克语。因为这里的另一个游牧民族，正是哈萨克族。

后来改革开放，商品经济，旅游业发达，汉人不停地上山，风景被管理起来了，游人来，图瓦人也做小买卖。所以他们也会说汉话，卖石榴石的手链和项链，卖奶疙瘩和酥油。

但是他们有自己的语言——图瓦语。这个语言没有文字，他们口传口，每个图瓦人都会说自己的语言。他们在日常生活中，对自己人讲的就是图瓦语。

这里的小孩子都会说蒙古语、哈萨克语和汉语。

他们是掌握四门语言的民族。

也有人会说俄语，那就是五种语言了。

风景被管理起来了，这奇妙的现代的脚步，像个大脚巨兽，比黑熊更可怕，而且用没有道理可讲的莽撞力量撞击着山壁。

汉人来建造木屋，他就是其中一个汉人。大卡车开进山里，山门就被打开了，从此，穿堂风穿过喀纳斯和禾木，从此，隐居所储藏的一种原生能量在弱化。

他跳下卡车，和村主任接上头，指挥工人卸下水泥红砖等一应建筑所需材料。他叉腰走来走去，夜里把图纸拿出来，在喝茶的饭桌上一遍遍端量、计算，突然就成了建筑师了。只有建筑师才能有如此风范和气度，还有淡定。他的字写得老实而漂亮，这么聪明的一个人，或者说天下那么多聪明而善良的人，他们一生卑微。但这也没有什么，命运从诞生那一日就各有不同，就是不平等的。

他混进了图瓦人所在的村落里。

他初初进入的那一时日，并没有意识到他将属于这里，他的血液里的基因从此传入成吉思汗后裔的脉管里。

55 回归

他被推进手术室之前，你把一个小小的塑料佛系在他的开襟毛衣的纽扣眼上。他躺着，看着你们，他预感在麻醉中、在手术的切割中他就可以死去，比如大动脉割破流血不止，他喜欢这预感。他让你们大清早就过来，庄严的一刻，彼此多看几眼，平和地多说几句话，一辈子，你们一家子没有平和地、面对面地促膝交谈过，多么遗憾啊。

生者总是不懂珍惜，忙于冷战和计较，幻想着有一种了断，结果是到底同千万个不幸福的家庭一样，无法了断，只有死能让一切扯清。

他用着慈父能够表达的感情看着你们。大姊姊、小妹妹、你、你们的母亲环绕着他、推着他，送进一扇门里。他多么希望进了这扇门就永远地去了。他是理智的，他当然也有侥幸，但愿着切割掉那病灶，连同阴影，全都滚蛋。然后他用营养和快乐的心情，令身体奇迹般地恢复。他将走下病床，回家。不，不是回家，是回到禾木去，在一个小木屋里住下，看窗外金色的光打在挺立的艾蒿上，万物宁静，风语，草语，山语，牛羊语。

他告诉了你们，他的最后一个理想。他说等病好了，去海边，回山东，在海边的小村庄里买一个小院落住下，哪里都不去了。不去了，流离了一辈子，他要回去，好好地嗅闻故乡大地的气味。

他说了，平和地，泪花灿灿。

与其说是回归，不如说是奔逃。逃离争吵，冷战，度量，泄愤，他知道他的病来自不良的情绪，这情绪来自事业的屡屡挫败，也来自不快乐的家庭。他局促地呼吸，如果人生重来？

胸腔打开，食管上的病灶在目，但是胸膜上的大动脉因为他青年时代的胸膜炎，粘连在一起，手术刀无法探访病灶实施割离。胸腔又合上了，他在不到中午时分就推出了手术室。他从麻醉的昏睡中醒来说，拿来给我看看。他要看那切除的病灶，而病灶还在他的食管上。

这可怕的，比上绞刑架还折磨人的一幕，你们必得深陷其中，无限煎熬。

那塑料的小佛，在他离世后，你从他的毛衣的纽扣眼里取下来，带在身边。你在故地重回，回到喀纳斯时，手心里握住这个白色的通透的小佛像，你就想，你站在这山里，他能看得见。下山后，你发现小佛像遗失了，遗落在喀纳斯，或者说，归于喀纳斯。

他其实是愿意回到禾木的，而不是山东的大海边，一定是这样的。

56 羞惭

公路和木栈道。没有腿的蜘蛛突然长出一百条腿，可以去往任何一个深处的角落，甚至直接抵达熊冬眠的树洞。在地图上做标记，想让它死它就得死，暂时让它怀抱自己的性命，也是人赏赐给它那一小点仓皇时光，它抱着一个花布小包袱，无父无母、无兄弟无姐妹，孑然，死亡从来就不远。比中原大地饲养的熊，命运已经好很多。那些铁栅栏里残喘的熊，苦胆在每一日的抽取中，性命苟活，可怕。比北极的白熊也稍好些，冰川融化，它们无处着陆，带着孩子四处流浪，也许睡觉的地儿都不好找了。

别捂住眼睛，别尖叫。木栈道砰砰通通，多好听。远方来的尊贵的客人，爱惜足上的好鞋子，他们背着手，走在水泥公路上，木头小路上，坐上汽车去那最高处，登上游艇观光，戴着墨镜，人人都是明星，自拍、微信、点赞，虚拟社交，繁荣却苍白，一无所有，却不自知，灿烂地笑，那内心轻浮飘摇，所以这笑就酥脆而神经质。

既然你来到禾木，你就混迹在人群中，也戴墨镜，也穿着好鞋子，也拍照，也赞美着风光好。但是你多羞惭，图瓦人会怎么想？哪里好看，有钱汉人就去哪里；哪里有钱赚，贫穷的汉人就钻到哪里。真羞惭啊，商品经济，这四个字真是恶心透了。

你一慌张手尖就冰凉，你怎么可以大言不惭地寻找一个叫娜仁花的女人。你以为你是救世主？你难道优越？你以为你的父亲果真就尊重过这个女人？付出的不仅是物质，还有感情，最重要的是还得有义气。不！男人对女人，也许有物质，也许是有用，也许有感情，但是，义气，不会给“一种女人”。

是的。她是“一种女人”。

所以，你知道你的父亲是怎样对待她的，如同普天之下的那些男人，所以你羞惭。

你想为她定做一副镶嵌红宝石的耳坠。图瓦人喜欢这样的首饰，不是光秃秃的金或者银，要闪烁着宝石的光泽，那才美。但是，你是他的女儿，你呈上的是信物？是感谢？还是对羞耻的回忆。

是的，有一种设定，这段感情到了后来就成了男人的愧疚和女人的羞惭。男人的愧疚只在临死的时候生出，而女人的羞惭在被抛弃的刹那就烙刻在眉心。

禾木，你喃喃低语，重复一个单词，重复一辈子都不厌烦，带给他温馨的地方。

这奇怪的逻辑。

57

苦楚

先是需要马奶酿制的酒，后来喝用大麦酿制的、汉人的白酒，他们也需要，迫切，陶醉，麻木。

这是你想象的醉汉的苦楚。没有苦楚，谁会去酗酒。有愉快，酒只是助兴，微微品咂那种黄色的酒，中原大地东边说吴侬软语的人喝。慢条斯理的一种生活，被彻夜不息的商业灯火一棍子打散，再也捏合不到一起了。那种慢条斯理，对，再说一遍，这么金贵的几千年的气息，就无从觅见了。

金贵，尊重。一个声称有名气的作家问你，中国人这么有钱了，出国，外国人会高看一眼的。

钱？！你从三峡水库的水泥道上走过。你放眼水库，心中惆怅，空虚，你只想退后，退到你来的路上。

你看着这个声称有名气的作家的脸，你不能打他一拳。你只能深呼吸一口气，告诉他，高贵才有尊重，钱和高贵不对等。

他“唔”了一声，假装听懂了。

其实那套俗世价值观早就渗透了，和他一样的一大群人。

窗外，在夜半，长江边，打麻将的男女在说话。马兰花的歌谣里勤劳的人们在说话，现在大声说话的人都是海吃海喝的人，娴熟推倒麻将牌的人，微信散发空话、废话、傻笑的人，运筹帷幄想要更大博彩的人，他们大声说话的时候，其实想表达的是，他们蔑视世界，并且，世界是他们的。

马兰花，小平原的森林里有，紫色的。你们跳橡皮筋，马兰花开二十一，二五六二五七。什么意思？童音真好听，在额尔齐斯河畔，小平原上。你们是从石头里蹦出来的。那种世俗里的不痛快，底层，卑微一辈子，手和砖瓦、泥土、木头打交道，钱来了，走得也快，突然手工业联合社就解散了，工资停发。建筑公司成立，私有制，如果要去上班，就全是打工的。

他的两手空空，去手工业联合社的大院子里走一走。木头堆成滚，木板材垒摞如巴别塔，可以在里面藏猫猫，一扇大月亮照过来，你们蹲踞如猫。

你们没心没肺，看不见他的愁苦。他在 20 世纪 60 年代末期来到布尔津，进了这个大院子，不过二十年，就烟消云散了。院子已被清理。木工房，那长长大大的房间，他推出来的刨花有一座小湖泊那么大。他和工友一起把木头扛到电锯上，用肩膀顶着，扶着，推过去，电锯子锃亮，如小怪兽，飞溅出的锯末如波浪的海洋。他们在休息的时候用搪瓷大缸子喝清茶。

都不存在了。木工房推倒，这里将要盖全中国都可以看见的那种办公楼。建筑公司的办公楼，水泥院子，楼道里是白瓷砖。

他从山上下来，听说了工厂彻底解散的消息。他和工友们一起去县委人事局门前要说法。工资已经停发，他们要怎么谋求生路。鼓励个体经济，商品经济，去吧，都去做个体户。不，我们要做国家的人。他们不好意思大声说话，老实本分的一张张脸，他们摸出来香烟抽，安静等着，只是要一个说法，要做国家的人。

会做买卖的人，他们大约不是。小平原的四条柏油马路边开了一家又一家商铺。江南小百货、江南理发店、江南服装店。全是江南、江苏或者浙江的小老板，个头不高，戴着金项链，行走在异乡，却那么淡定。

他们说，我们做不了买卖人。他们多么无辜，如孩童童真的脸。

这多么绝望，这多么欣喜。总得有人不会做买卖人吧。全员都能做买卖，这个世界就完蛋了。

后来呢。你在二十年后听你的母亲讲这些事。她说，社保局给他们发退休工资，他的身体不好，办了病退，55 岁那年，红色的退休证，工资月月打到存折上，那时候五百多，他要是现在活着，也能拿到两千块了。

56 大醉

他们要酒，买醉。嘱他上山来一定要多带酒。一箱一箱的，在卡车车斗上，捆好，包好，盖好，和他的砖头水泥在一起，上山来。他从不负众望。

他也喝酒，那种山野里的大醉，真痛快。图瓦的男人每天喝酒，第二天放牧牛羊，劈柴修篱笆，不碍事的，最多头晕眼花，不影响手里的劳作。

他大醉，工人们也大醉，后果是新盖的木屋被大火烧了。他们在大醉中沉睡，嘴角有微笑，梦外火光冲天。如果梦外是梦里，多好。

他叉腰，在废墟面前踱来踱去，幸好没有把整个村子，乃至整座大山都连带着烧掉。想到这个，他惊出了冷汗。现在这个局面，倒是不错的，他宽慰自己。

如果你没有去过山野，没有在山野中大醉，你就不知道那有多美妙，你不得不这么说。谁能抗拒得了，自然的大美就是一种不理智，太理智了就不美了。要合拍，就要在这大美中喝醉。忘记，中原大地和江河的溃烂。你一遍遍说，长江的生态系统已彻底崩盘。而在那里生活的人却气定神闲，心无愧疚，跳广场舞，打麻将，吃龙虾，穿花枝招展的衣服。你走在污油渗透的青石板路上，空气中回荡着一百年的声音，那声音在呼吁古典、呼吁美、呼吁尊贵。戴锦华说，中国的审美哲学在这半个世

纪早已崩盘。

他带酒上山，许多许多箱。你们的母亲看见他装车，冷笑：别做什么工程了，干脆在禾木开商店卖酒。

她又说，酒钱他们会给你？

他点头说，当然会给。

她又说，下次带酒不许垫钱，谁给钱就给谁带酒。

他点头。

他既垫钱给图瓦人带酒，而且从不加一分钱。他说，车斗那么大，只是顺带，我又不是开商店卖酒的。

所以图瓦人知道他是好人。到小平原上来，如果他在，就去找他。他去农贸市场买菜、买酒、炖鱼、拌凉菜、炸花生、喝酒、说很多的话，说到月亮挂在柳树梢头。

他除了带酒上山，他应该也带了好看的布料吧，或者小男孩喜欢玩的塑料黑手枪。供销社和百货公司都有得卖。布料可以从裁缝店剪一块下来，趁着你们的母亲不注意。他总会想出来一些礼物，带给一个女人，把一份心意带上山。如同多年前他去乌鲁木齐买石英表给他的三个女儿。

是一样的情谊、情义。不是世俗里的人们想象的那种淫荡，不是的。

你愿意他对这个女人真正地好过、爱过、尊重过。唯有如此，他的魂灵才安息，人格才完美。

59 义

那个江苏木匠小曾，20 世纪 80 年代后期来到小平原，二十七八岁。倒推一下，他应该是生于 1960 年前后。

他在小平原上做了三五年木匠，就去了喀纳斯和禾木修建木屋，也打家具，图瓦人需要什么他们做什么。

他在山上遇见了他未来的妻。一个图瓦姑娘，应该比他小三五岁。那个时代的人们，男人娶的妻子似乎都是会比他们小三五岁。那么，这个图瓦姑娘大约生于 1963 年前后。

叫娜仁花的图瓦女子和小曾未来的妻是闺蜜，也就是说，娜仁花大约也生于 1963 年前后。

到 1988 年，娜仁花二十五岁，是四个孩子的母亲，这不太合理。

那么，也许她们与小曾同龄，到 1988 年，二十八岁。到她与你们父亲在禾木相识的时候，她刚刚三十岁。

寡妇。丈夫是怎么死的？生病，还是喝酒？或者放牧牛羊在山崖上出了意外？

会被男人的微小帮助打动、感动、泪如雨下，为着长生天给她这样的一种奇异的命运。

草原上的活干不完。孩子们和牛羊一起被轰赶去水草丰茂之地，她得做家中要做的一切活计，擀毡，晒奶酪，捣酸奶，在傍晚牛回到栏里，

要挤奶，煮奶，洗四个孩子的衣服，织补，每一天的三餐饭。她简直就是个旋转的陀螺。如果遇见栅栏要维修，屋顶要修葺，牛羊要宰杀，就得找男人。

男人们帮助了她，为了一种怜悯，也为了一种女人的吸引力，或者她天生就有一种魅惑力。该使用就使用，不该使用就藏匿，收放自如。她为此而骄傲过吧。

那个汉族男人也愿意帮助她。一晃十年就过去了，他在山上十年，和她相识了八年，只要他在禾木，他们几乎是天天可以见到。

他迟迟不肯离开禾木。如果一直不离开，也许能长寿。第五个孩子，他是看着他像小旋风一样就长大了。他离开禾木的时候，最后一次摸摸小男孩的脑袋，这孩子那一年八岁，没有父亲，有两匹属于他的马。

他当年买下这两匹马，交到女人这里来养，就决定送给这个小男孩。

1998 年，他彻底下山，铺盖卷，当年从家里扛出院门的，在山上早已破碎，他几乎是空空地回来的，回来了就办理了退休手续。

他的妻子，你们的母亲，他给了她“义”，就是不分开，哪怕互相唾骂怨恨至死，也不分开。

这“义”，他给不了娜仁花，因为她是“一种女人”，他给不了她“义”。

所以，一切都是公正的。世俗自有法则，一条一条摆在那里，大家信手拈来，使用着，苟活着，残喘着却不自知，也不反省什么才是真正的良心。

有一天他回家来，做晚饭，华灯初上的时候你们的母亲从裁缝店回来，一进门就有饭吃，对于她是最幸福的遇见。她坐下来，用狼吞虎咽安抚自己饥肠辘辘的胃。你们不会嫌弃她的样子不好看，太粗鲁。她是一个劳动者，从早上十点站立到晚上九点，这才关窗关门，穿过柏油马路的大街，回到河堤下面的家。

后来她的脚后跟总是疼，医生说是她年轻时候透支了体力，肌腱组织彻底损坏。她在七十岁尚未到来的时候就不能出远门了，她用艾蒿熏烤、针灸扎针，都没有用。站在裁衣板后面无休无止地劳作的后果，你们都看见了。

他在那天晚上悄悄对她说，小平原来了一个四川人，双流人，是个泥瓦工，到他的工地上来干活。这个工人说知道他的妻的父亲的往事。

他的妻的父亲，就是他的岳父。他没有见过这个男子。他的妻也只是三岁的时候朦胧中记得这个男人的影子和虚幻的面容。一闪就不见了，就永别了。

这个来自双流的泥瓦工说：“你老婆家里好造孽啊，有那么多的地，还有水磨坊，还自己修桥，还收容了四处流窜的余孽，她爸爸哪个不被枪毙呢？”

你们的母亲听见这个流传到小平原上的讲法，她哭了，在她的丈夫的怀抱里，她第一次觉得这个男人是她孤苦人生的港湾，你们的父亲也第一次觉得心底里是心疼这个泼悍的女人的。

61 太阳花

你们想在那个图瓦男孩的眉眼里找见失去了的他的样子。

你们多自私，不顾及你们母亲的感受，也不怕那伤口揭开，令那个图瓦女人在老年的初期到来时，重新感受一种耻辱。

他在死前的十分钟里说起了这件事，这令今天的你们还深感意外。

其实可以不说的。受了耻辱的人，通常就保持缄默，不再诉说，越往后越不说。

而那心中有愧疚的，最终选择了说出来，哪怕带着一点儿困惑和替自己的辩解。

他躺在医院的小铁床上，床头时而摇起来，时而摇下去，早已不能进食了，任何食物和水经过他的口腔和食道都是一种酷刑。

他用着屈辱的进食方式。

长生天啊，请每一个有罪无罪的人，体面地死去吧。你亲眼看见了一种不体面的死亡。你听见他艰难的呼吸，奔涌的痰，干渴的焦虑，你想逃奔，撒开脚丫，把头深深地藏进一个雪洞里。

他已经知道自己马上就要走了。他说他看见穿着黄衣服的小人从门那里挤了进来，要带他走。

他坐起来，完全脱相了，瘦极了，两条腿就是两根棍子，胳膊软绵绵，他对你的大姊姊说，笔和纸。

但其实他一笔都拉不直，于是他放弃了。

他沉默了一会儿，说，我算过日子的，那不是我的孩子。

大姊姊轻轻抱住他的后背，呵哄他，不管他说的这句话多么令人震惊，无法解读，但可以感觉出他很难过，在为自己辩解。大姊姊能做的，就是立刻地呵哄他，让他别想这想那。她还想说，重要的是养病。但是她自己都说不出口了。定局已在眼前，大家都无力了。

也想说些温情的话，彼此表达一种爱惜。但是吵了一辈子，什么都破碎了，再也拾不起来了。

他的妻子，已经开始准备后事了。寿衣悄悄提到了病房里。不让他看见，他还是看见了，要拿过来看一眼，你们不给他看，搪塞过去，他也就作罢了。

马上就结束了，收场了。他得把这件事说出来，可是怎么说？事情太长了。

于是他就对这件事留下了一句话，那不是他的孩子。

把他送走，骨灰埋入地下。你们简直就忘记了他的遗言。

是的，他没有遗言。他只有一句遗言，是关于与一个孩子关系的撇清。这奇怪的遗言，你们于是决定忘记。

直到有一天，你们的母亲翻旧账，诉说自己的悲苦，痛斥死者的不负责任的一生，你们听说了他和一个图瓦女人的故事。

是的，故事是奇幻的，然后他逃脱了……既然那个图瓦女人在禾木及至喀纳斯被认为是“一种女人”，既然全部的男性都可以靠近她，遗弃她，那么，他也可以这么做。

所以，他也这么做了。

20 世纪 80 年代末期，一个图瓦男婴儿的哭声响彻在禾木山谷里，多么赞，“小成吉思汗”。没有男人来认领，包括他。他说他算过日子的，这个男孩子肯定不是他的。多么理直气壮，多么科学严密。

但是这不影响一个男孩子勇敢地长大。他有母亲，有禾木，有草原，有先祖的血脉，他摇摇摆摆走到金莲花地里，哈哈大笑，他被抱上马鞍，有一天他自己攀登到马背上，再有一天他策马奔腾。

一首古老的民歌：

蒙古额吉有善良的心，

蒙古毡包里有温暖的摇篮。

……

他跟随在母亲身后，做着合格的小助手。他的母亲微微笑着，忘记了男人们对她的一开始的靠近，之后必然的伤害和一生的定论—— 一个坏女人。

娜仁花，蒙古语“太阳花”的意思。那种生命力很顽强的小小花朵，掐一枝，按在泥土里就长出根须，生出崭新的花朵。

有一天，她的一个亲戚来找她，说是在布尔津南面的和布克赛尔大草原上有个蒙古族男人，老婆故去，想找个妻子与他一起生活。她带着她的五个孩子，在禾木她的木屋和毡包里等来了这个男人。他跨过额尔齐斯河，上山，来禾木看一个女人。他竟然一看就喜欢了，也喜欢禾木，喜欢她的孩子和牛羊。他们结婚了，她成了和布克赛尔草原的新娘。

今天，娜仁花的最小的孩子，你们掐指一算，已经二十七八岁了。

这些年，其实你们年年都掐算一下。

他死的那年，2000 年，你们就掐算过了，那个孩子那年十二岁。

后来，你们掐指算，十七八了，要上大学了，该去找了，帮助他读书。

你们没有去。

有一天，2015 年的春天的一天，你突然决定写写他和禾木，要去禾木看看，不要刻意寻找，不要惊扰任何人，不要伤害任何人，就是去看看。你这样想着，进入睡梦里。在梦里，你的父亲来了，他笑得那样灿烂，美滋滋的，心满意足，从未有过的。

你醒来，打电话给你的爱人。你们不在一个城市。你说了。你的爱人说，你的父亲已经原谅了一切，包括他自己，也包括生活的磨难，还包括你们一家人对彼此的误读和伤害。

全都原谅了？

对，全部。

你的爱人也像一个来自和布克赛尔大草原的男人，他找到你，保护你，娶你，从此没有伤害和忏悔。

有一首图瓦民歌，叫《寂静的天空》：

日升月落，
生生不息的世界。
永恒的远方，
你的轮廓在夕阳中融化。
找到了一种幸福足以悲伤，
沉默的祈祷只为安抚执着的灵魂，
当一切归还于寂静，
我别无渴求。

61 干枯

别走向青草，别触碰那干净的冰川水，别用放浪形骸的大醉和喧哗污染长生天的眼睛，别！

那被人类脚步触碰过、肆意碾压过的青草地，立刻退后，原地成为荒沙。别不信，别说你只是停留了一下，照了些照片，然后就走了，别解释，别说你多么欣赏这一切！

钱。印第安人的古老歌谣：人类啊，最后你只剩下钱了，而世界的美好全部消失，这钱你能塞进嘴里当食物吗？

大家突然变得有钱了，是以大自然被无节制的盘剥为前提，你接待我，我接待你，这个忙于应酬的世界，荒诞啊。大海大江大河里的鱼即将消失，是被人吃干净的。谁相信？事实却如此清晰地摆在眼前。

图瓦男孩在喀纳斯河和禾木河钓鱼。他们说，从前手电筒一照，就能打捞几条北极鲴，现在连鱼苗都看不见了。

这就是现状。

图瓦人说，游客纷至沓来的时候，好多草原都变成了干瘪的荒滩，草再也不长了，除非人类退后。

布尔津小平原上的老人在河堤上走一走，说，这条河里的乔尔泰几乎没有了，河堤夜市里的鱼很多都是从福海养殖湖泊里拉来的。

老人还说，水量也越来越小，秋天的时候，简直可以迈到河对面去。

别不相信，多少河谷最后成为一个名字，水泥高速路上疾行的车河，替代了河流。

这干枯的世界。

图瓦女人说，现在大家都说钱啊钱，人和人交往把钱放在了前面，日子失去了味道，不可口了，不洁净了。

图瓦的孩子把马牵出去，把小羊羔抱出去，游客喜欢骑马，喜欢和小羊羔合影。然后图瓦小孩收钱，如果游客不给合影费，就会争执，吵闹，对骂。

马匹甩动尾巴，它们很烦躁，天天被骑来骑去，得不到爱惜和敬重，全成了旅游的一个物件。主人被钱扯得疯狂，眼睛里充着焦渴，游客轻薄放浪，用钱换取天下美景和美食。

亲爱的禾木喀纳斯，我怜惜你。亲爱的图瓦女人，你们是天下草原的母亲，别就这么放弃了，那世世代代流传下来的美德，那对长生天的敬重，你们在毡房和小木屋里默默祈祷，留下来的只能是美和善。

62 镜头

他在20世纪80年代初的木床上剪去脚掌的厚茧。金黄的茧，他剪下一大块，又一大块，你们围观，帮他使劲，惊呼那巨大。他用心埋头，微微一笑，仔细端量。他跳下床，穿着洗得薄薄有破洞的白背心，打开写字台上的收音机，红梅牌，七十块买来，他一个月的工资。

他对他的妻子说，买个收音机吧，可以听听新闻……国家会越来越好。

他这样相信。这多么好。

那年他不到40岁，与今天的你一样大。

他轻捷伶俐，洁净开朗，有一个聪明的头脑和一副为善的胸怀，还有专注的心灵。

你在今天有什么？

远远不如他啊。你混入红尘，得你所得，渐渐不爱自己，不爱这世间的人类，罪孽在身，不知何年何月才能彻底平心静气。

所幸，你遇见了爱你的人。只有爱能够拯救一切。

这爱你的人教会你“原谅”，教会你“静居一隅”，教会你“青草的珍贵”。

你的父亲剪去厚茧，用井水洗头洗澡，穿上太阳晒干的白衬衣，带你们看电影，路遇拉苹果的卡车，那苹果得两只手合抱。他买四五只，进电影院。他变出来小刀，削苹果，一圈一圈皮不断，你们惊呼，围观，他把削好的苹果，白白的身子，分成两半，递交到你们的小手中。

是的，优雅，俭朴，尊贵的生活，他懂，从来就懂，他体面地带领着一家人去这里去那里，他得做好这个领头羊。

他在去世的前一年里，你的大姊姊给他一张大会堂的钢琴演奏会的票。他独自去了，坐在观众席里，认真，关键是微笑地沉吟而陶醉，从头听到尾。他坐在那么多人的中间，就他的神情最美。

记者的摄像机发现了他，发现他的神情真好啊，于是录制的时候特意留了下来，他出现在了新闻中，他看见了自己，镜头定格住他的神情，你们也看见了，那么专注的一个人，那么热爱音乐和一切美好的人。

63 承认

他的遗言：我算过日子，那个孩子不是我的。

他这么说的时候，其实想表达的是，那个孩子，我想念了许多年，放不下，很有可能那个孩子就是我的，只是我没法承认。很有可能我错了，我真难过。

不承认的原因有三个。他是一个山东男人，是一个汉人，是一个在小平原上有家的男人，他只能偷情，但是不能犯罪，虽然他已经犯罪了，但是不承认，就仿佛没有犯罪，这是汉人的哲学。

第二个原因。他的三个女儿都已长大，从少女时代的末期一转，就转到了青年时代的初期，都没有学习做服装的手艺，一个都没有，两棵穿天杨下面铁皮敲打出来的裁缝铺子她们不要，她们都走了，长途客车从额尔齐斯河大桥上一开过，她们就伏在车窗玻璃上哭了。供销社买的红色皮箱，人造革的，大学四年，毕业后这箱子就破了就扔了，没有什么老古董老宝贝，在“苟日新日日新”被误读的时代。

三个女儿被称为有出息，这是父亲的荣光，所以他舍不下。原谅我这样理解他。如果三个孩子按照他的预设，一个进供销社站柜台，一个接管裁缝店从小学徒做起，一个去师范读书回来做小翻译，那么他是否就可以放下，继续在禾木待下去，也许某天心硬下来，下山办理离婚手续，然后上山过日子。

第三个原因横亘在了这局面。那个图瓦女人是“一种女人”。他要脸面，尤其是山东人的脸面。他不能把“娶”这个字给她，怎么可以，他是汉人，抬头不见低头见，他会遇见这个女人从前交往过的男人，甚至他怀疑她现在还在交往，趁他不在的时候。他们说话他听不懂，他们会说他什么呢？嘲笑他？

所以那个孩子，突然就有了。女人告诉他，有了孩子。他端着茶碗，立刻就呆住了，为了一种颜面，他立刻说，不可能是我的。女人掩面哭泣了，女人没有扑上去厮打，这不是她的风格。她跑到青草地上，对着天空，跪下来，她摇一摇头，决定什么也不说了。

长生天，保佑这个孩子健康，善良，做山野中纯洁的人。

他依然存在于她的生活中。这个孩子不知不觉地生长着，生出来，从毡包里爬到草地上。他看着，渐渐觉得那就是他的孩子。但是他已经决定了永不承认。

他在临死的时候感到沮丧，那个女人活得心安理得。而他，心事重重，无人倾诉。

一地的破碎，想拾的时候，拾不起来了。他错过了。

64 蹲着

她在深夜蹲在地上打铁扣子，在她自己加工的成批的衣服上。

那种长长大大的外套，鸭蛋青、米黄色、淡雪青的加厚棉平布，插肩袖，插入一块俏皮的方格布料，衣服就活泼有样子了。斜口袋，铁按扣，有圆弧的下摆，配牛仔裤就很拉风。

她在邮局订购的服装书上看见，就仿照着做了。铁扣子和布料都从乌鲁木齐的布料批发市场采购来。用轻巧的小榔头打扣子，垫在一个木头块上，咔嚓，扣子就钉到衣服的门襟上、袖口上。

衣服挂在裁缝店里。顾客看见了，就问，就买了，于是大街上走动着穿她做的有样子的衣服的人，三个五个，八个十个，真了不起。有乡里的买卖人到镇上来，看见了，也买了，多买一些，十件二十件，预付一部分款，下次来按照卖的数量结算。但通常都卖了，她能够把本和利都收回来。

那个时代，个体户在常人的眼里既是不可想象的，又是容易的。突然就发了，钱像春天的水一样涌来，看得人目瞪口呆。她走进供销社买电视，黑白的。你们三个买来彩虹条的透明塑料卡，贴在电视屏幕上，那电视里活动着的人和景就带彩了。然后又一年，她又走进了供销社，把全县第一台 21 寸彩电取回了家。马上就要春节了，她的丈夫从邻居家借来雪爬犁，万分小心地拉回了家。然后又一年，一台将军牌冰箱被她带回了家，放在墙的一角，对着门，门一开就看见了。你们自己做冰淇淋，鸡蛋黄、奶粉和砂糖，搅拌好，放在那一格一格的冰格子里。

介于清贫和安康之间的生活是幸福的，因为百般珍惜；介于安康和富足之间的生活是危险的，因为道德感容易缺席，欲望丛生，生活疲乏。

于是，她在深夜里也做活。白天做顾客的来料加工，夜里做大批活。

对，就是这个叫法。她说，大批活。叫得响当当。她招募工人，家属，女人，缝纫机咔咔响。她裁剪，布料滚滚地铺开，套裁，省布料。她的三个孩子耳熟能详，生意经，浸淫久了，一辈子不会忘。

他从山上下来，她说，晚上磨剪子，他就在夜里磨剪子。七八把剪刀躺在地上，他蹲在地上，清水，磨刀石，一种粗糙的，一种细腻的，先在粗糙的上面月光闪闪地磨，再在细腻的上面柔腻地修正，他最多只咳嗽几声，眼睛专注，神情专注，蹲着，偶尔换一下脚。

清晨，你们三个醒来，看见崭新的黑剪刀，敞着口，摆在桌面上。他睡得正酣。

65 气质

从小平原往喀纳斯和禾木去，山野上，可以看见散生的罂粟花。

你们叫它大烟花，它也叫虞美人。花瓣如绸缎，翻飞着，几乎要飞走，是美人的腰带、裙摆、折扇、绢帕，曼妙的绝色横生啊，为红颜，是可以不惜命的。

你们一看见它，心就婉转一下，惆怅一下。大烟花，秋天的灰白籽粒，嚼出牛奶般的浆汁，用小心翼翼地咀嚼来挑战，罪恶是漩涡，万劫不复，然而你们又安然无恙。

你们已经知道，虫洞，每一次都要抉择，选了这一条，命运的终点是一个样子。选了另外一条，就是另外一个样子。这可怕的，步步惊心。

车窗外的景滑过去，熟稔的，大河，森林，一片湖泊，芦苇地，然后是戈壁，然后是山，山脚的小平原，麦子地，葵花地，花豆地，洋芋地，小花朵飘飘，蔬菜的花朵，质朴如棉花布，没有人用折腰的迷眩面对它。然后盘转山路，月亮湾，神仙湾，卧龙湾，祈福泉，厌倦啊，车一停，人如木偶般下车照相，车再启动，人继续进发。观鱼亭，湖水，雾气，图瓦村，篝火晚会，厌倦啊。

你爱的喀纳斯和禾木是独属于你的——友谊峰下的层层叠叠，艾蒿阵里虫的嘤嘤如幼小的孩子在欢笑，站在漫布的溪水里，月光盈盈地投射下来，芳香在傍晚的金光中蓬勃，如菊如草药的香气弥漫整夜，能够治愈你、洗涤你、安慰你。

那唯一的一次，你来到禾木，有人把格桑花种了一个满抱，一个庭院里全部都是格桑花。格桑花是美的，花朵的阵容，欧洲的贵族气息，好吧，任何人的刻意为之，并不都要排斥，但显然，山上越来越像布尔津小平原了，平民的生活，而不是山民和牧民的生活。平民加入了旅游的事业里，生意经，大家突然都懂了，游牧民族变成了经商民族，气质就要渐变了。气质很重要吗？还是苹果、三星、宽带、无线网重要。

咖啡馆，书屋，游廊，画展，老照片展，成堆的人文地理书。小资的，洋气的，快要成凤凰镇了，也快要成上海外滩了，霓虹灯，歌手职业化出场，那笑容，那好客，那生意经。全都变了，在渐变中，你看见了，你享用了，你竟然没有良心地下山就责备了这一切。

你打开地图，喀纳斯湖属北冰洋水系，你的手指向上、向北摸索而去，贝加尔湖、叶尼塞河上游，过西伯利亚，就要靠近北极了，北极星是天空最亮的星，它普照的地域，图瓦人从这里来，古远时候信仰萨满教，后来因统治者的更换，信仰佛教。但他们更是萨满教的子民，他们信仰的长生天就是大自然。他们爱山敬水，珍爱洁白，视草原为母亲。草原若干枯，心灵就失去倚靠。你去过内蒙古的锡林郭勒草原，那草原上风车滚滚，地皮荒寂，摔跤手在扬起的沙尘里表演。你不愿意故乡的草原有一天也会成为这样。你不愿意，但是你能做什么？英明的老人说，人的贪欲之心如猛虎时，沙尘暴就会袭来。草原上的寸草和林立的楼房，哪个性价比更高？于是人们选择了盖楼。楼房到来之处，森林和草原湮灭，生灵死寂。生意经，这三个字在中华大地横行了多少年？GDP，可以到此为止了。

那北极星照耀的图瓦人的灵魂，携着信仰。

你在夜里，午夜了，站在木屋的檐下，看星空。是的，禾木星空。有个散文家如是写过，他也写了忧虑，他梦见水怪对他耳语：人类的探索可以停下来了，别什么都扒拉开。星空，密密匝匝，一颗一颗清洁极了，亲和极了，善良极了，童真极了，它们在天上看见了你眼睛里的光，就把你也当成了一颗遥相呼应的星。这时候，你就是一个好孩子，你还原了，你的灵魂弥合了，身上的污浊洁净了。

你的父亲，他的灵魂会来禾木走走，看看，停下来，但是他不会在天上，他不要隔得那么远，他要落下来，把从前没有认真听的天籁好好听一听。他在一棵红松上蹲踞着，微眯着眼睛，如听一场盛大的钢琴演奏会。他和你离得很近，你一微笑他就看见了，你一忏悔他就明白了，你爱着他的好或者不好，他立刻就感动了。

66 翅膀

在草原上，消息是长了翅膀、比火箭还迅疾的一种硬壳昆虫。它们像古埃及传说的一种虫子，洪水一样就咔嚓咔嚓来了，去了，哗地，那消息要不令野花盛开，要不吞噬掉一个人的灵魂。那灵魂就此残缺了。被毁？大家都说，自食其果！

你的哈萨克女友，她的名字叫“翅膀”。这翅膀和刚才说的“消息”无关。她的父亲希望她勇敢，用如鹰的翅膀在草原上空翱翔，用如鸽子的翅膀纯洁度过一生，还用猫头鹰的翅膀，智慧地合拢。

她在某一日愤愤地说，草原完了，道德沦丧。

翅膀从小在汉族学校里读书，一直读到大学毕业，大学在内地读，回来的时候，窈窕而时髦，如走 T 台。她的长腿美如黄羊，脚踝玲珑如鹿脚，神情如奥黛丽·赫本。她说一口带京腔的汉语，那婉转，那娴熟，那淡定，那不屑，非常赞。她的字也娴熟，草书，细细的笔画也长了翅膀，又及时收回。她一定要在午饭后去小酌咖啡，或者柠檬茶，红宝石耳坠，丝巾，高跟鞋，眉眼和嘴角的线条，即使在笑，在说话，也要一招一式。生气的时候，也端坐，仿若一个大军阀家的公主。

翅膀生气了。她说，草原上竟然有闹离婚这件事了，可怕啊，从前从来没有过的。

她说话的语气是一个六十五岁的资深老妇人。

说是玛纳斯的亲戚去草原上带回来的消息。一个同部落的中年女人，自杀了。天啊，草原上连自杀这种事都有了。网络上每天浮出来的那些事情，有一天，草原上也会发生。翅膀说，那些跳出来的新闻、小道消息、绯闻，我不敢看啊不敢看，看了夜里就睡不着，我不知道世界为什么突然变成了这个样子。

好了，接着说那个草原上的事情。自杀的中年女人，因为自家的男人提出了离婚，为什么离婚？因为他有了另外的女人，他要对那个女人负责。

这荒诞！翅膀喝一口咖啡，抿一小口，经典的咖啡，经典的美人，只有时代不经典。她一遍遍说，哎呀，这样的事情，竟然草原上都有了，这世界完蛋了。

你一点儿也不生气，你觉得她说得真是好。

她降生在西天山背后的那片大平原里，那里有一条向西流的伟大的河，伊犁河。她童年时代随父母来到玛纳斯。玛纳斯，碧玉很著名，在河谷里，然而玛纳斯河早就没有了。你每次一想到玛纳斯河都可以消失，乌鲁木齐河也可以消失，那么，额尔齐斯河当然可以在某天消失。你们的后辈的后辈，在某天说起干枯的故乡的河，可以无痛惜，面色安然，如你们今日说到玛纳斯，就忘记了“河”这个字。

翅膀说，我从玛纳斯回来了。或者说，我今天要去玛纳斯。

你在长江边给她打电话。她的声音和欢笑里有青草的味道，草原的风，那宁静，那躁动，那不安。

67 离开

他把自制烤箱拉开。烤箱设在铁火炉旁边，连着土火墙，铁烤盘推进去，拉出来，洗好的洋芋，切成几个大片，黄萝卜，细长的，整根，拉出来的时候，金黄芳香四溢，那皮，简直是烤红薯的皮，甜蜜得黏手，这哪里是黄萝卜。

你们摘了帽子、围巾、手套，聚拢到他身边来，分给你们吃，是一群猫仔，个个都是天使，动物怎么长，到了老也是天使，人一长大，一脱了稚气，就万恶来袭或者是万恶绽放。趁着你们还是小天使，他多变出来好吃的，看你们小嘴吧吧地吃下去，然后就玩，就遐思，听着风声打瞌睡。

雷声来了也喜欢，雷来的时候风清凉极了，卷起窗帘，摇动苹果树哗哗啦啦，雷把天空撕开一道，仿佛那是一张纸，无休止地撕下去，很厚的牛皮纸，撕烦了，突然砸下来一个大石头，从头顶上掉下来，在半空暴裂开，然后接着撕，滚来滚去地撕，于是天空干净了，空气干净了，大地欢快了，巨大的莲蓬倾泻欢腾密集的水珠。

他用大钢锅烧滚烫的水，把橱柜里的碗碟全部装进铁皮洗衣盆，撒下去大把的碱面，腾空的橱柜也用碱面刷洗，沟沟缝缝，于是柜子“亭亭玉立”。他蹲在洗衣盆旁，一只碗一个碟，个个如玉，他的黄色的手，照顾着一个小家的生命。是的，那小家在一开始是有生命的，如一盆稳

定生长的花，该浇灌就浇灌，该清洁叶片就一片片用布子擦拭干净。

后来商品经济到来了，这不是控诉，大家都卷到浪潮里去了，这里的“大家”指的是小民们。他们寻找赚钱的机会。因为寻找得太投入，生活本身开始没有了样子，叶片蒙了尘土，后来倒在污泥里，也没有人扶起来。有一天，大街上也没有了样子，清洁工惯常清扫而已，没有一种优雅的情味，那生下来就高贵的气息，没有。再有一天，连风景区都如流水线了，缆车上下，停车场班车如流，垃圾桶站立如小兵，水泥地面把功能区划分出来，人到了这里看什么、干什么，全是预设好的，于是人像机器，喜欢看景的机器，于是这机器也不知道什么叫真正的愉悦心灵的景，或者说地球上还有真正的景吗？那种纯天然，大家都在说的一个词，在哪里。

你们喜欢他用大洗衣盆把所有该洗的都洗出来，他真有耐心，蹲着，一直洗，你们在黄花朵窗帘的飘飞中睡着了。八仙桌的腿站在洁净的水泥地上，画张纸年年换，大牡丹花的床单洗后四个角铺好，硬展展，翻身，那么适宜。

他直起腰身，去铁炉子上看卤煮的牛肉和牛肚，用筷子插一下，试着是否卤透。拳头一样大的肉块在搪瓷盆里散发热气，他撕扯下条条的肉塞入你们小天使的嘴里。你们仰着脸，就像一只只小鸟。

所以不可能不爱他，不可能责备他任何，他要这个家或者不要这个家，都可以，去吧，只要他开心，不要把这么美好善良的生命交付给“水火不容”。

但是他从来不问你们，他是否可以离开。直到死前，他说，病好，我想离婚。

你们立刻地点头了，鼓励他，一定要离，离婚后好好活一场，别再这么委屈了。

其实你们想说他何必如此“窝囊”。

然后他彻底离开了，但是他又从来没有离开。

66 惩罚

他是手工业联合社的老人，“老人”不是指他是个极老的老头，他死的时候 56 岁，“老人”指的是元老。

元老很了不起吗？元老一点儿也不了不起，他们这些元老跑去县委寻找他们丢失的工作和工资，抽着烟，不愿大声说话，那个时代的好人活在尊贵里，现在的人很少有了，遇见在县委里上班的熟人，很快乐地微笑打招呼，然后继续等待，相信一个结果，如果实在没有结果，也努力过了，也就认命了。

还好，感谢长生天，让他们能够活下去，退休工资社保局来发，他们全都退休了，工人年满 55 岁就可以退。他身体不好，稍微提前一点，也能退。

他死之后，建筑公司派了个中年男人来送花圈，送慰问金，这感人的一幕。三九严寒，人家来了，无处可坐，也没有吃饭，放下花圈和慰问金，问了病的来龙去脉就走了，坐长途客车，一天在路上，雪那么大，路滑，你们都感动地哭了，怀着歉意。

建筑公司，手工业联合社被私人收购后的叫法。

他死了。小平原上的消息很轻松地就快马加鞭到了山上，喀纳斯禾木。大家喜欢连着说这两个地名，再加个北哈巴，那也是个图瓦人的村落。北哈巴和哈萨克斯坦接壤。你们在铁丝网栏这边照相，手伸到哈萨

克斯坦的天空上，那胜利的手势，大大的V，这旅游时代摄影时代的产物，这没心没肺的笑。

他死了。这消息通过建筑公司的人传给了从前给建筑公司干活的江苏小木匠小曾，小曾的图瓦媳妇讲给了来小平原走亲戚的她的娘家人，她的娘家人回到禾木讲给了村里遇见的所有人。娜仁花就很容易地接收到了这消息。

娜仁花知道他死了。他死前想到了，因为他想到了那个孩子，他抵死不承认的男孩子。

没有未尽事宜。他没有，娜仁花也没有，你们也没有。

他简直是个孤儿，没有值得托付的亲密的人，没有可以感谢的人，没有舍不下的人。

这不体面的死，是长生天的惩罚吗？

67 礼物

一个人一辈子只能爱一个人。

如果你以为一个人一辈子可以分阶段爱 N 个人，于是你死之前会发现，你一个人都不爱，而且那 N 个人也都不爱你。

所以你必须做一个真实的人，然后长生天奖励这“真实”，把爱你、你也爱的人，牵引到你面前。

这很重要。在这个“一场生命”里，不能逆行不能跨越行，就这么匀速地行走，错过了就万劫不复，遇不见的就永远遇不见。唯有当你相信一个人一辈子只能爱一个人，然后你就遇见了。

所以要用生命的热忱和亲爱的人说话。不能是玩笑，一玩笑，就不真实了，长生天就不给你礼物。

图瓦人唱歌，用楚吾儿发乐声，拉起马头琴，敲打牛皮鼓，他们不是音乐人，他们就是用着热忱和天地说话的人……

感谢高山，感谢湖水，感谢草原，感谢洁白的马奶酒，感谢毡包的庇护，感谢山谷的怀抱遮挡暴风雪，感谢欲望这魔鬼尚没有占领图瓦人的心灵，感谢冰川屹立尚没有崩塌，感谢古老的花纹依然被图瓦人珍爱，感谢北极星照耀有信仰的人，感谢图瓦的孩子长成大人还是天使……

虽然生意经已经风行中华大地许多年，渗透每一个灵魂。图瓦人里最老的老人的家你去过，他的儿媳妇在喀纳斯河谷里捡拾的有美丽花纹

的石头是商品，亲自做的擀毡是商品，货架上的图瓦生活日用品，白桦木凿出的酒桶，手工做的一切都是商品。既然有商品，就希望顾客多些，就愿意人的焦躁的脚印踏入喀纳斯禾木——这草原的圣地，溪水旺盛，牛羊欢欣。一切都是合情合理的，既然旅游业将风景管理起来，既然财源可以广进，那么弱小的个体何不加入这洪流，赚得几个金片。于是人和人在这里的相遇没有了灵魂的碰撞，和彼此的敬重与珍爱。

这得与失！这账怎么算。

你在白桦林包裹的温暖洼地里行走，图瓦人家的木栅栏门吱呀拉开，你们走进去，一群商人，一群猎奇的人，一群闲人，一群有点钱就瞎跑的人，你们有自知，所以看图瓦人的眼睛就目光躲闪，你们之间能交流什么呢？说说每年的家庭旅游 GDP ？

图瓦人沉默，虽然一块美丽花纹的石头谈妥价格，一百元。但是买卖结束后，他们就回到了纯洁的信仰中。他们怕欲望的魔鬼拉扯他们坠入深渊。所以他们用安静抵抗、保守，维持最后的尊严。

奶茶，酥油，奶酪，羊毛毡，结算现款。木栅栏的门咯吱拉开，你们走出来，合上，美其名曰家访。你们访问到了真心和灵魂吗？

遮蔽了。图瓦人的遮蔽是为了尊严。你们的遮蔽是因为你们掉入了“享受”中。兴致勃勃的东奔西走，汽车和高速路，这世界上最大，数量最多的杀手，为你们提供了方便，于是，你们也是杀死世界的帮凶。

如果你以遮蔽的心灵，走在“一场生命”里，长生天就不给你“爱”。

有一首古老的图瓦民歌：

我放牧的六十匹骏马去了哪，
我骏马的马桩去了哪，
我家乡的六部去了哪，
我部族的村庄去了哪，

我放牧的七十匹骏马去了哪，
我骏马的嚼头去了哪，
我家乡的七个省份去了哪，

我的人们去了哪，

Aldyn-ydyk Tangdy 山脉，
是群山中最雄伟的，
我家乡的六部去了哪，
我祈祷，祈祷，祈祷那里的人们。

70 味道

她家搬去了哪里？
那里可有青草？可有苦艾？
我心上人去的地方，离我多远？离我多近？
没有黑马，我的马鞍如何不断解冻？
如果没有我心上人，如何将我暗淡的心永远温暖？

——图瓦民歌

71 跳下

不不不！

你们草原上的老乡们一见面谈的不是生意好不好，你们首先问候的就是草原，怎么问候呢？

去年的雪大不大？

你已经告别大草原多年了，电话打过去，问的就是去年的雪大不大？

如果雪水不够好，就默默祝愿雨水多一些。

草一定要好。就像“翅膀”说的，如果草原都这样了，世界就完蛋了！

你舍不得踏上去草原的路，但是有一根橡皮筋扯着你，突然就出发了。

乌鲁木齐开往北屯的夜火车，第二日清晨到达，在北屯转乘去往布尔津的客车，就这么简单，你突然就站在了南河大桥上。你的童年时代的朋友站在你的身边。每次在布尔津找见对方，就是并肩向南大桥来，站在桥头，低头看额尔齐斯河，水一年比一年小。

你们倚靠着桥栏杆说话，太熟稔了，桥上的花纹，桥的老水泥的质感，光阴的颜色落在上面，河南岸的荒野黄沙和后来种植的防风林，河西边晚霞还在，你们说着话，霞彩的条纹就铺开了。

结婚，生子，离婚，孩子长大，孑然一身，或是有了合心意的爱人，你们彼此不经意地注视一眼，都老了，但还是那么顺眼，亲切，老了就

老了。

他是你的小学同桌，掐指算一算，你们已经认识三十多年了。他是这个世界上除了家人，认识并一直没有丢掉的唯一的一个人。

他是将军的孙子，家里有棵樱桃树，你在少年时代品尝过。他其实一点儿也不顽皮，为人老实，敦厚，但是他最大的缺点就是太喜欢对人好。对方会觉得他大约太孤单、太不自信了，于是并不珍惜他的友爱，于是他受伤。

但是就是因为他的老实和敦厚，你们一辈子也没有走散过，很久了，会问候一声，回来了，必然要见面。分别时也不难过，因为都知道还会再见面。

其他的人，倒是一一丢掉了，别人把你丢掉，你也把别人丢掉。

他突然说，陈小兰就是从这里跳下去的。

你一惊，陈小兰？

你没有忘记这个女孩子，你们的小学同学，圆脸太圆了，简直就是玩具娃娃的脸，苹果一样水灵灵，眼睛也水灵。你们最后一次见面，是她读大学的时候，你们在她所在的校园里参加了一个舞会。20 世纪 90 年代初期的校园舞会，嘭嚓嚓，男孩子女孩子，然后就散了。

抑郁症。他老练地说，点燃一根烟。

说是毕业后回到哈巴河，她是哈巴河的女孩子，童年时代跟着姑姑生活，这奇怪的来历，所以来到布尔津读书，进了你们的班，六一儿童节穿白衬衫藏蓝裤子，她的姑姑带她去你母亲那里做的。她穿着，对你说，我不喜欢。你生气了，但是这不影响你喜欢她，她也对你一直很友好。

因为她终究是哈巴河人，所以大学毕业就回到哈巴河工作。用当地人的话说，嫁了个很好的夫君，是个乡长。乡长最终会调回到县城里做官的，所以这也没有什么。她生了个女儿，周末就带女儿去乡下看丈夫，或者丈夫回来。但是她的忧郁症一直好不了。为了分散注意力，她带着女儿来到布尔津县。哈巴河到布尔津也就不到一个小时的路程。她的姐姐在南大桥的桥头开了个超市。旅游城市嘛，矿泉水堆在门前，方便面、火腿肠、榨菜堆满货架。她在超市里帮忙。

这一天她的姐姐晚上在灯下结算收入，发现一张假币，当然是一百元的假币。她想起来，那三个年轻的坏男人，用可疑的眼神递过来这张纸币。她气得发抖，哭了。她的姐姐倒没有什么，劝慰她，然后就睡了。睡在超市后面的住屋里，她和她的女儿睡一张床，她的姐姐睡一张。

后来，她的姐姐说，大约是清晨六点，她轻轻起来了，穿衣服，给孩子盖了盖被子，布尔津的夏天夜晚是凉的，她拉开门，又拉动了超市的铁拉门，出去了。

这一去就没有回来。轻巧地从南大桥上跳了下去。

与所有在这条河里死去的人一样，她的尸体从下游，几乎到了哈巴河的地界那里打捞了上来。

走了。

你们去她的姐姐的商店，小坐了一会儿。她的姐姐和姐夫倒也没有被悲伤摧残得不像样子。大家平静地说了会儿话，不能多说，那是对死者的亵渎。

黄昏的时候大街上人并不多。旅游的人都进山了，都在河堤夜市上，都在卡拉 ok 厅里。县城里的人们在自家的灯下吃饭、做家务。你们俩是世界上最闲在的人，四条柏油马路绕着走一圈，安静，不多言不多语。

72

叙旧

你的母亲带回来各路消息。

她那个半生传奇的闺蜜，大女儿研究生毕业去了青岛，在著名的冰箱企业做工程师，小女儿回了成都，先几年做药械销售，现在做别的营销。她的闺蜜在成都买好了楼，只等过几年再老点就回去，叶落归根。小平原上当年的盲流几乎都这样，有点条件的都回老家买楼，备着，总有一天，彻底回去，静静养老。

虽然谁也舍不下这小平原，但小平原太冷了，那风像刀子，耳朵都能刮烂。

全都为她长了志气，你们同时这样想。

这个女人在小平原上是算得着的美丽女人，即使现在就要六十了，也是骨架伸展，五官分明，眉眼有艳丽清亮之感，嘴角的微笑沉静蔼然，不像中国的大部分老太太，一上五十身子和五官都拘束到了一起，渐渐皱巴，可以看见心灵也佝偻着，眼睛里除了菜场里计较的那些零头钱，就是心上的不平，还有眼气，突然就生气了，想起往事，或者看见什么，就觉得不舒服，胸闷，儿女不在身边，丈夫形同虚设，早晨晚上跳广场舞，在革命歌曲或者网络歌曲里昏昏然，转啊转，也有不转的舞，叫僵尸舞，一个搭着一个的肩膀，走僵尸步，走一个小时也不累，有人观看，就更不累了。

不如去做善事，干嘛这么扰民，再说姿态也不优美，根本不养眼，简直就是僵尸。

网上大家议论。

大街那么脏，小动物四处流窜、饥寒交迫，山区的孩子和老人衣不蔽体，能做的善事那么多，干嘛不组织起来，把那点迫切散发的身体的热情贡献到正事上。

大家都这么议论，但谁也不行动。

你的母亲娴熟地打开有视频的音乐播放器。小苹果响起来，她走动舞步，和你说话。

说小平原上有个老太太，也搬到了乌鲁木齐来，也住在这个小区里，她们买菜的时候碰上了，一错面就认出了对方。以前也住在额尔齐斯河河堤下面，东戈壁上，你们在东戈壁的西边，她家在东戈壁的东头。都打土块，年轻的时候，做家属工。

你的母亲说，她比我惨。

怎么个惨法？

叙旧的时候说起来的，本来很多事情都忘记了。她搬到乌鲁木齐来，女儿的家，帮着带孩子、做饭打发寂寞，老公死了。突然这两个老了的女人撞上了，都是没了老公的人。老公从前都是手工业联合社的。当初倒没有什么往来，现在走动起来了，坐下来喝茶，孩子和孙子的事情陈述完毕，就忆旧。这个女人说起来某年夏天暴雨，一场洪水突然到来，漫上河堤，把她在东戈壁上打下的三万块土坯全淹了，全蹋了。她说她号啕大哭，一直到傍晚，想起得回家做饭，这才从烂湿的泥地里爬起来。

三万块土坯，这是什么概念。你的母亲略略得意地说，我从来没有过这么大的损失，最多牛羊过去，撞下来几块，孩子调皮，扔下来几块，大雨下来，遮雨布盖上去之前湿透那么几十个。

你的母亲去老太太的女儿家做客。女婿是厨师，做菜讲究，色彩分明。女婿有车，你的母亲说，饭毕，虽然都在一个小区，但是女婿还是坚持用车把她送到单元门前。

你的母亲说，很周到的人家。现在老了，可以过一种周到的生活了，年轻的时候兵荒马乱的。

把生意经横行的青年和中年时代比喻为兵荒马乱，很正确。

你的母亲每天晚上和你通电话。两只猫，一只在窗台上瞭望夜色，另一只在她的手边，要不停地抠痒痒，猫的腮边，仿佛人是一个永动的抠痒工具。你的母亲边给小猫抠痒，边跟你说，老太太的女儿早些年做导游，当然是喀纳斯禾木的路线，做熟不做生。二十年前，旅游业最好的时代，后来游客也多，但是渐渐不好做了，关键是人稍微上了年纪就做不动这行了，精力跟不上，操心，什么环节都得赶上趟才行，线路跑了几百上千次，就腻烦了，那一个个环节，简直是就是流水线上的木偶。这女儿在几年前改行，做起了保健品直销，生意不错，做旅游时候建立的人脉，一个个去找，去说服，只要够坚持。人人都亚健康，保健品还是有需求的。

你隔几年回小平原一次，你发现你们那一代的年轻人的职业不外乎是水暖公司的。突然就有了这种单位，因为小平原上的人家都统一住楼了，统一供暖，于是有了水暖公司。水电站的都说这个单位的人收入最高，简直就是小平原上的金领了。风景区的也说，山上的都说山上好，冬天下山没事做照发工资，啧啧。大家掰指头算，各种保险照交，还发工资，这好单位。做保健品直销的女人若是没有正式单位上班，就自己开店，卖衣服、卖鞋子、卖保健品、卖凉皮。开旅馆的，小平原上有点霸气的男人或女人就去承包酒店。开饭店的，和旅行社挂钩，呼啦进来一批游客，上菜迅速，客人埋头就吃。到河堤夜市上租下一个摊位卖卡瓦斯、卖烤鱼。开超市的，矿泉水堆在门前。

还有一种职业，就很体面了，进出新建的县委大楼。衣着也非常得体，面容的严肃度和亲和度也是得体的。你担保你如果当年分配回小平原，根本就进不了这体面的大楼工作。你进大楼里找个人，于是遇见了很多依稀记得的面庞。他们和他们的父辈们都不曾在“兵荒马乱”中，他们是安然无恙的人，这让你多少有些羡慕。你也感到一种庆幸，你们从童年时代就学会了“三不猴”的本事。假装不懂，假装遗忘，假装沉醉在自己的生活中。

没有比较，没有计较，没有指望，你们一长大就提上行李走了。

73 砰砰砰

砰砰砰，午夜有人敲打你家的后窗，最里屋的大炕，你们睡在上面。人在外面敲，里面的人就醒了。你们的父亲迅速爬起，凑到窗玻璃上，觑起眼睛，看外面是谁，瓮声瓮气。那人说，失火了，裁缝店。

他们慌慌张张走了。你们接着睡，四五岁大，七八岁大。

后来懵懵懂懂明白，裁缝店的木地板被煤炉里遗落的红炭烤燃了，烟蹿出门缝，渐渐有了火势，走夜路的人看见，便撬门泼水。损失没有太大，把烧煳的地板全拆了去。

砰砰砰，有人敲打你家的后窗。你们的母亲在黑色的窗玻璃那里对你们微笑。吵架打架然后出走，你们刚睡下，她却又回来了，在后窗玻璃上对你们笑。你们跳下炕去开前门，你们的父亲没有阻止，她嘘着冻僵的手和脸回到了灯光下。

砰砰砰，有人敲打你家的院门，你们拉开门，穿着灰色制服的两个男人找你们的父亲。他去法庭接受审理，那个跟随他在山上做工的年轻人偷了虫草连夜过禾木桥，结果被洪水冲走了，淹死了。审理的结果错不在你们的父亲，他不需要赔偿什么损失。他走出法庭，给这个年轻人的父母一些钱。然后他就回家了，冲你们笑笑，说没事了。你们十二三岁，在压井边压水，浇花浇菜，冲洗院子。他进屋收拾他的黑色人造革皮包里的单据，准备着再一次的上山。

砰砰砰，有人……

或者不砰砰砰，消息也能带来。老家的老人走了，电报来到父母的手中，你们的父亲在山上有了女人，野女人。你们的母亲咬牙剪开布料，只等着他下山回来大打一架，恨到骨头里，剪刀如骨头咔咔响。她没时间上山撒泼，那不划算，耽误生意，还让人看笑话，她只能在小平原上守着，等着，等他一回来就离婚，正好不用成天替他担惊受怕，还要还各种债。

但是她从来没有与他说过离婚的事，她其实是个好女人，你们在某天终于承认。

74 熊

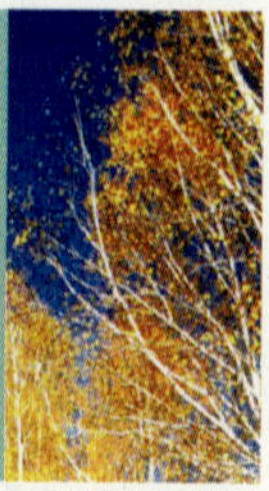

他从禾木带下来熊掌，说是狼咬死的。熊掌被他的妻油滋滋地吃了。他还带回来熊油，烫伤的地方说是一抹就好。

你们就想，他若带回来狼肉，就说是熊拍死的。反正总有堂皇的理由，维持着成人自诩的善良。

人的心可以坏到见了生灵就杀害。虽然图瓦人的祖先以狩猎为生，东北的鄂伦春人也是。

说大禹是熊的儿子。

有个满族男人告诉你，他们的祖先是一头黑熊。如果有一天熊绝灭了，人的绝灭就不远了。

你听了心里倒有了安慰。在江湖上，什么都是要还的。整个人类，必将用自己的毁灭，偿还亲手毁灭众生灵这不可推辞的事实，这才是真正的人类发展史。

满族男人说，在东北森林里，一头熊被猎人追了很久很久，它跑到了国境线，然后一扭身去了国境线的那一边，钻进了另外国度的森林里，猎人失望了。这个猎人亲口告诉他的。

你听了这个故事感到欣慰，心里又那么悲壮。夕阳照着熊气喘吁吁的背影，它走了，离开了世居之地，被人类追杀了一生。

你常常和猫在一起。你看着猫，就明白它的好在哪里。它无欲无求，

它不占有，它懂得上帝制造的这个世界的美，它站在光芒里就陶醉，它在清风中跃起就勇敢，它在星辰下酣睡就入无我之境，它注视爱惜它的人就深情，不卑不亢，它在生命的长河里淡定踱步，是真正的君王的气质。

所以你常常对人产生淡淡的恶心，他们连一只流浪的猫都不如。没有哪个人会由衷地觉得自己是快乐的，咎由自取。

布尔津西北方向有个地方叫哈熊沟。或者是黑熊沟。反正从前那里有熊，就有了这个名字。那个地方离喀纳斯禾木不远。山上从前也有熊，但愿现在依然有。它们的祖先大约就是北极熊，从冰川上迁徙而来，在友谊峰生活，又玩玩耍耍来到了禾木。初初迁徙到这里的图瓦人狩猎，打了一只巨大的熊，那腰上的肥油，那硕大，于是他们惊呼，啊，禾木。就是那熊的肥油啊，有力量的肌肉的意思。

所以这山就叫禾木了。

熊爱吃野浆果。大兴安岭有蓝莓，禾木的野浆果叫什么？也是紫红色的，也是比葡萄还小的，也是熬成了果酱就酸酸甜甜。他请图瓦女人帮他采摘野果，在地炉上熬果酱。带给三个女儿吃，他能够偿还的父爱。突然有一天，爱变成了偿还，因为一种常年的缺席。

就如这些年你对女儿的偿还。

他还带松子回来，用面袋子装。人类把松鼠和别的森林动物过冬的食物也占为己有，不仅仅是单个人去捡拾，还建立了坚果加工厂，天，那掠夺式、地毯式的搜索和占有，不管动物的死活。

所以你渐渐不愿意吃坚果，吃坚果也是犯罪。人类笑话你，你只能静默。

他的妻躺在沙发上嗑松子看电视，牙齿不累，眼睛不累，到深夜，她要犒劳自己，这家里最重要的劳动力。而他，不仅不是劳动力，还几乎就是个败家子。

你们搬开沙发，清扫松子壳，抱怨母亲的粗糙和不高贵。

山上的酥油和奶酪，你们在清早吃，在白日吃，在深夜吃，佐餐吃，当零食吃。他能够带回来，偿还你们的，都带回来了，都做到了。

你们心里明白，从不抱怨，不会拉着他的袖口请他不要离开你们。你们对他不依恋，都觉得他只想发财，你们是旁观者。

75 旋转

你和同桌，那个少年，你还清晰记得初次见他，他童年的样子，一个干净的小男孩，皮肤洁白，说话嗫嚅。现在，他已长大，是个进入中年初期的男子了，皮肤黑红，在冲乎尔乡，就是禾木山下、出产麦子的那个低洼小平原挂职。你回来，他骑摩托车赶回县城，拎着一桶马奶，那种酸透心扉的浆汁。

他远远走来，你们就淡然一笑，你拍一下他的肩膀，一米八的个子，你小小的个子，却拍得自如，同桌的时候你擂打他的胳膊，是一种日常，他从不还手。然后一种亲切信任就建立起来了，三十年完好无损。

你们还要等一个女孩子。不，不是女孩子了，也进入了中年的初期，你们是铁三角。她细眉细眼，洁白皮肤，小平原上的女人们不会黑黑红红，个个都注意保养，在傍晚里头发乌黑卷曲，裙装束着腰带，高跟鞋，咯咯笑，互挽着胳膊急匆匆走。她说，那是赴饭局的，然后你们意味深长对视一眼。

没有秘密，消息很快就传来传去，丈夫总是最后一个知道，然后就关起门来狠揍，然后就离婚，因为大家都知道了，不离婚就被人瞧不起，即使还是爱的也得离。女人苦苦地乞求了，发誓改过，也不行的，一切都晚了，这小平原太小了，不离婚男人就没有脸活下去。

她给你讲一些秘密的事情。这里没有什么男权女权，一种合情合理，

一个悲剧，一本自食其果的教材书。

若是男人出轨，女人似乎可以第一个知道，那些蛛丝马迹，很容易就捕获，于是猜疑、哭泣、对打或者对骂，然后是原谅，男人的荷尔蒙也过去了，重归于安稳的日子，不离婚。男人哪有不犯错的，男人说，就当我不懂事，犯了错。女人满意了，心平了，即使某天想起这事情又仇恨起来，但揣着男人的工资卡，照顾着男人建造的家和他们共同的孩子，于是又心平了。

没劲。你们又对视一笑，眼睛里是这个意思。

你们在南大桥上合影，请路过的人为你们拍照。三个人当然都老了，但是老不老有什么关系，你们根本不在乎。

顺着南大桥桥堤往西边走，就是河堤夜市，烟气腾腾，音乐震天，人影幢幢，苏联水手和歌舞的人们的铜像僵硬在夜色里。为了把历史定格，保留住，不丢失，于是旅游项目的设计者都会运用这种智慧，铜雕像，游人可以与它们合影。喀纳斯也有，图瓦人的生活场景用铜像定格，于是美其名曰，保留住了，文化遗产被保留了，人们心无愧疚了。

卖羊皮马甲、生眉笔、戈壁玉、玛瑙石，全中国旅游景区里都能见到的那些小物件，汇集在这里，这兴旺而空虚的集镇。

你们穿过夜市，在一栋老苏联的黄色房子跟前站住，这条僻静的小街上的杨树没有完全砍去，在夜里呼啦作响。让你想起母亲的裁缝店门前的两棵穿天杨。你没有去故地看看，仿佛心不能承受。

其实你也不愿意回想你的父亲行走的样子，心如刀割。不想，就如同麻醉，麻木，反而好受些。

你们把县城整个绕了一圈，就像三个闲散的年轻人，没有心事，没有牵挂，是天下最自在的人。你只和他们两个在一起的时候是这样的感觉，这感觉多令人留恋。

你们俩窃窃私语，其实他也都能听见。她问你的情感状态，你说了他的诸多好。你问她将来的计划，不可能一直在小平原待着，将来去哪里？她从上海回来，孩子在小平原上养，对身体好。上海那个家已分配利落，属于她的不属于她的。孩子长大了，你们会去哪里？你问。她说不知道，或许去老家青岛买个房子，孩子在那里读书。

她的回答全是围绕着孩子的。她是个好母亲，好女人。

这在夜里轻轻旋转的小平原既属于你们，也不属于你们，既是你们永远的归宿，又只是注视之地。

16 告别

一个孩子飞出小平原，飞出阿勒泰山，飞出准噶尔盆地，飞过天山，过玉门关，进入中原大地的深处读书，从此就再也不回来了。

这个小孩子是你的小妹妹。你们送她上火车，火车一开动，你的大姊姊就扶住站台的巨大水泥柱子哭了，哭得那样伤心，是因为牵挂，没有什么可以怜惜的，出去读书是好事，这是公论、定论。火车载着一个柔软的小人儿，你们从小看着她长大，从一个和泥的小娃娃长成了刘海儿下的小姑娘，然后是持重的中学生，在少女的末期里，纯真气和天真气盈满的时候，她出发了，去迎接那青年的初期，这便有了动荡的味道，似乎未来的好坏在此时就可以注定了。

她在火车的车窗里朝你们挥手，微笑，你们家里的人都爱用微笑看着一个人、一个世界，是你们的父亲教会你们如此。她看见大姊姊哭得那样伤心，完全失态了，腰弯下来，泪水滔滔，于是她也哭了，仿佛那玻璃落了雨水，火车和命运飞速把她从你们身边带走。

她每一年都回来，路途再遥远，火车硬座再难忍，她有一个同学，是塔城草原上的人。是的，除了阿勒泰、伊犁是大草原，有小平原、大平原，还有一个美丽的地方，叫塔城，那里也是大山、草原、平原、森林、戈壁、大河连成的一个美丽小宇宙。这个塔城男孩子，是个哈萨克少年，或者说，是青年的初期了，他们共同步入，都是美丽而美好的人儿，纯洁如羊羔。男孩子有个绿色的军大衣，是从军需商店买来的棉衣，应对冬天的绿皮火车，他照顾着你的小妹妹，用棉衣盖好她，她在大团的棉衣里睡了，睡得那样安全、那样踏实、那样舒适。他陪伴她，夏天回来，冬天回来，大学四年，你们多么放心。

他叫什么名字？今天，近二十年过去了，你们竟然都还记得。哈斯尔，是这个名字。到了乌鲁木齐，他把你们的妹妹送到你们的眼前来，然后去长途汽车站，在那里坐上去塔城的班车，再用一天一夜的时间抵达他的故乡。他去塔城，你们会牵挂，心疼这个孩子。这样的感情，今日很难再得了，所幸当时也是珍惜的。

他喜欢，甚至爱过你们的小妹妹。那样一种童真的感情。草原上的男孩一定会回到草原。而你们都不会回去，仿佛回去就是一种失败，这么虚荣！而且，这种感情不现实，你们在心里都想过的，不行。

这一年，你们的父亲查出万劫不复的病，你们的小妹妹带着一个男孩子赶了回来。这个男孩子是个汉人，浓眉大眼，真像草原上的小英雄。他站在你们的父亲的病床前，那一刻，就注定了他将和你们的小妹妹相守一生。这个一点儿办法也没有，即使将来也会有不快、隔阂、冷战、抱怨。但是，他就是那个对的人，这就是命运。他知道你们的父亲是个拉二胡的好手，带来了 CD 机和二胡的光碟，给父亲把耳机戴上，父亲听见了二泉映月的调子，不一会儿眼泪就漫了上来，取下耳机，不能听下去了。

你们的柔软的小妹妹也是一个敏感的孩子，父母天亮就斗气，天黑就争吵，已经彻底伤透了她的心。她在一本上了锁的笔记本里写下：今天我拿上大学录取通知书，去裁缝店给妈妈看，妈妈只是淡淡地看了一下，就还给我了，我没有看出来她有多欢喜，可是这件事对我来说是多么重要的事情啊，所以我感到很伤心，就自己去河堤那里，慢慢走回家了……

你趁她熟睡的时候，从她的抽屉里取出来，看了，她忘记了上锁。你轻轻放回去，不敢再多看。

现在你想告诉她，为什么母亲神思恍惚，忽略了最小的女儿的情感，正是那一年夏天，流言从山上带了下来，一传十十传百，天下人都知道

她的丈夫在山上有了另一个女人，而且是一个图瓦女人。

你们的母亲一边裁剪，一边在心里想，究竟是打到山上去，还是写一封信请他回来离婚。她的手指颤抖，胸闷气短，眼睛昏花，几乎支持不住站立，倒下去最好，用自己的不省人事惩罚他。她把来路和去路全部想了一遍，竟然没有去路。她恨自己的命运轨迹，如此两难。

77 理由

你病了，去医院手术、打针，可以回家，你走出地铁口，他在这里接到你。送你回家，你们吃饭，他陪你说话，轻松的玩笑，一切都是轻松的，连屋子里的阳光都是轻盈的。你每天去打针，每天可以见到他。他听你说化验的结果，治疗的方案和周期，他给你点醪糟汤圆，你的最爱，你越是愁眉不展，他反而越轻松，他的身体里有阳光，照耀你。于是你的病痊愈了，前半生所有的隐疾，都好了。你坐在床上静养，看书，和天使一样纯洁。

如果爱他有理由，这是之一。

78 之二

你们初初相识之时，你已在江湖上行走了许久，久到鞋子磨破，心里长茧，眼睛苍郁，你无从解释那对爱的渴望。你的大姊姊说，有病看病。你无从为自己辩护，为何对爱要得那么迫切。是因为父爱的缺失？

别，别，别抱怨你的父亲。

唯有他说，从此我就是你的父、你的兄、你的爱。

你信了？你不信？信不信，日子就这么汤汤而行着。渐渐地，你发现忧郁一扫而空，如果有，也只是沉郁，你爱这世界，心疼它们，被人类糟蹋得不成样子。你说给他听，他都懂，用安静来宽慰你、鼓励你，做一个好人，一路走着，一路帮助他者。你爱的圣方济各他们，是的，是“他们”，你也希望是“他们”之一，俭朴、爱、奉献、环境和生灵的保护。

你满腔的悔罪，人类对大自然的，男人对女人的，女人对罪恶的，都说给他听。他都懂，叫你放心，安静是最后的抵达之所，即使今日依然心悸。

你们之间没有人类爱恋的煽情。你渐渐只穿简单的长袍，走在人类中，真像是一个传教者，但是几乎没有接受教义的人，大家都嘻嘻一笑，说人生苦短，娃儿要读书，老人要看病，老公要变心，房子要还贷，有钱了就去香港购物。

如果爱他有理由，这是之二。

79 胆怯

在湖上的那块石头，还在岸边，水里，你们一家五口在20世纪80年代末期上山度假，在这里合影。你们的父亲穿毛蓝西装，戴茶褐色水晶墨镜，四十多岁头顶已经半秃了，左边的头发梳到右边去，男人竟然也爱美，于是你们为这滑稽暗自地笑。他听不见。

你们的母亲那时候头发还没有白几根，一夜白头是后来的事。在那年夏天之前的秋天你们的父亲做的第一个盖屋子的工程，赚了三千块回家，全部交到她的手中。他为自己停薪留职承包工程的决策，及至第一场战役的胜利，几乎要仰天大笑了。她也满心得意，多看他几眼，做出一个大胆的决定。

她说，咱们得补照个婚纱照。

他问，那怎么照？

她说，就在店里照。说着，得意地从背后的货架上扯出来一条刚刚做好的白色婚纱。她说，顾客取走之前，我借穿一下呗（哦，顾客该哭了）。

摄影师不知道从哪里找来的，到裁缝店来，她的眉毛画得黑黑的，嘴唇红红的，白色婚纱罩着她，踩在两块砖上，他就穿着随便的灰色衬衫黑裤子，站在她的身边，笑得很好。他终究是爱这个悍妇的，你们看这照片，就这样想了。

所以你们到喀纳斯来，他的发迹之地，都是喜气洋洋的。他穿毛蓝西装的样子真像成功人士。这西装做得浑然大气而精细，他的妻并不是野裁缝。这个词语的发明者真该揍，太难听了。他的妻是手工业联合社当年派去乌鲁木齐省轻工业厅学习缝纫技艺的人才，培训班毕业又选送到库尔勒，东疆一个繁荣的城市，继续学习，她在那些学习的结业照片里很美，大波浪的卷发，那时候一点儿也不胖，中式的盘扣外套，坐得自信端庄，会用机器绣花，春节她回不来，托人带回来为你们做的新年衣服，红色的，门襟上绣花，她给你们写信说，这些花是她亲自用机器绣的。你们好骄傲，虽然并没有就想她想得哭起来。你们对想念二字是感到难为情的，不表达感情。直到你们的父亲去世多年，你们的母亲也已苍老，你们怕来不及，开始表达，在电话里说，妈，我想你了。你们的母亲也说，她说，今天格外想你，所以打电话来。你们这样表达，一点儿也不难为情了，都怕来不及。

你们站在石头上合影。你们三个细细瘦瘦，个个有自尊的扭捏样子。

你每一次去喀纳斯都在湖边望望那曾经站立着你们一家五口的石头。那石头某年在水里，某年在岸上。湖边的木栈道，木桥，游客真多，不得安宁，大家走马观花，个个轻浮，个个怀着红尘心事。偶尔会看见松鼠拖着尾巴出现，渐进，蹦跳着走了。网上说有游客用石头打死遇见的松鼠，男人打，女人笑，这堕落的尘世。喀纳斯不会有这种事，你天然地相信。如果有，不会放过坏人，首先你就会冲过去保护小生灵，然后唾骂。你继承了母亲血液里的泼和悍。这没有什么羞惭的，反正他爱你，无论你怎样。

你在湖边，也怀着心事，风景区工作的男孩子走过来，你都会多看一眼，辨识一下，是不是从前老邻居家的孩子。

那个孩子叫哈莫罕，天生是个画家。初中毕业，大约是奎屯？还是石河子？有个艺术学校，录取了他。他的母亲，一个美丽的维吾尔族女人，小平原上哈萨克人多，维吾尔族人少。这女人拿着通知书四处借钱，一笔学费，应该不是很大的一笔，那个年代学费不高，和现在相比，几乎是无，象征性的收取，那时候教育没有产业化，孩子们是祖国的花朵。你们当年考上学，多么得意，减轻父母的压力，毕业就有工作。

然而这个女人问亲戚借，问同事借，她的爱人也是一个维吾尔人，在煤矿上开拖拉机、推土机，一切机动车都能开。都借不上，竟然借不上。这也没有什么不对，死工资，20 世纪 90 年代初期人的工资一个月也就一百多块吧。月月见底，还要拿下月的工资来应急。她借不上，于是她就赌气了，说，不去读书了，你去工作吧，为家里挣钱。

那时候风景区初初建立，招兵买马，这个叫哈莫罕的小男孩子，他的个子小小的、瘦瘦的、眼睛黑、睫毛长、手纤细，天生就是一个艺术家，他哭了，通知书看了又看，和他没有关系了，他去了喀纳斯。

你们的母亲说，做一名水手，开游艇。

你们不忍心质问你们的母亲，为什么不给哈莫罕的妈妈借钱。

你们心里酸楚，就想，如果那时候有能力，一定不会不管。

你们的母亲在红尘中打拼，不能责怪她。

但是，多么心虚，又想看见这个孩子，你们童年和少年时代的小伙伴。

一次也没有遇见到，做了水手的，本来应该是艺术家的男孩子。

你也想，那个图瓦孩子，你们的父亲抵死不承认是自己的，那个男孩子，如今在做什么？

是读书的，一路读到高中，阿勒泰的白桦林附近有个中学叫阿勒泰地区一中。你们的母亲某次兴之所至，滔滔地讲起这个孩子的近况——进了重点中学了，高中毕业肯定能考上大学。

多么得意，你们相视而笑，那时候就说要去找的，是不是亲弟弟一点儿也不重要。你们就是想看看这个孩子。用做姐姐的样子去爱他。这有什么不对吗？这难道会伤害娜仁花一家人吗？

你们胆怯了，怕他们被伤害，然后你们自己也受伤害。

这胆怯，这退却，肯定是错的。但是你们举步不前，许多年就这么过去了。

81

热爱

所以女人要受教育，不仅受教育，还要有安逸的生活环境，有规律的上班下班，家中洁净，吃美好素朴的食物，在灯下，一家人吃下去，优雅，专注，绝对不能发出咂嘴的声音，不能晃腿，胳膊肘不能趴在桌子上，不说话，微笑。炒粉条，炒土豆片，炒白菜，全用小盆子盛，你们用公用的勺子捞入自己的小碗里，就着刚出锅的暄软的馒头，还有红辣椒油，喝奶茶。

温饱这两个字真动人。

不用富足，人一富足了就在脖子上挂金项链，保险箱里放金条，勒紧了钱包，不肯帮助弱小的人。

所以你们的母亲在做个体户之前，在生意经还没有打动她的时候，她是美好的。还是那句话：这得与失，这账怎么算！

你们的父亲也有荣光的岁月，他也被手工业联合社送出去培训，在乌鲁木齐，学习电锯子或者别的最新的机器的使用方法。他和工友的合影，三十多岁，倚着一棵树苗，对着天空大笑。你们指着照片上的树苗也笑，说这么小的树苗他还靠着。你们在背地里的议论和评价，他们永远也听不见。

谁不爱自己的父母？这小平原上多少醉鬼，冬天的大风雪里也喝醉，也醉卧街头，摇摇晃晃爬起来，脚步蹒跚、脑袋低垂、身子摇晃、胡言乱语，被放学的孩子包围、哄笑。

醉鬼的女儿扶起自己的父亲，指责着孩子们坚硬的不懂事的心。这女儿没有指责自己的父亲，她带父亲回家，喝热烫的清茶，脱下冰冷的靴子，在温暖的炕上好好睡一觉。

这是你在童年时代看见的一幕。那是一个哈萨克姑娘。她痛斥不懂事的孩子的围观，用的是汉语，流利的，说得那么美，她长得也美，皮肤白皙、薄薄的，眼神端庄。

你们三个也学着哈萨克姑娘那样做家务，那样的举止，洁净的，高雅的。

哈萨克人的眸子里总是含着深情，对小平原，对周围的森林草原、大山、无数的河流。这才是注视家园的神情，你们也学会了，也懂得了，也真的热爱了。

如果不是这样的热爱的眼神，家园就会被自私的心毁灭，大地溃烂，江河死亡。你在中原大地上走着、看着、心疼着，恨其不争。这个“其”是谁呢？你不愿意和他们一伙儿。这个“他们”是谁呢？

61 消遣

小平原上可以消遣的事情多着呢。弯腰摘一个茄子，那把儿很难拧，使劲拧，把茎秆上的皮都扯出一道口。摘一个西红柿，又一个，红色的，一开始带点儿青，后来全是红的，再后来再不摘就烂到了地里，所以必须摘，所有的盆子都装满了，山一样，在井边，洗澡盆尤其像山。做西红柿酱，开水烫，剥皮，切碎，汤汁淋淋，装入酒精瓶，放在锅里蒸，齐齐地摆在阴凉的小屋子里，整个冬天做任何菜任何汤都可以来半瓶。摘辣椒，也红艳艳得像山，两把大菜刀剁成酱，放盐，蒜末，也装酒精瓶，也放锅里蒸，整个冬天任何时候都可以拿到锅台边挖一大勺。摘豆角，掰玉米，砍葵花。哎呀，菜地在小平原人的眼睛里简直就是森林王国，人的腰上别着搪瓷盆进去，就淹没了，物产丰富这个词语可以在这里派上用场。

在冬天，戴皮帽子流鼻涕的男孩子都去门前的冰溜子上打陀螺去了，少年初长成的男孩子、如跳芭蕾的女孩子去了河堤下体委大院的溜冰场租冰刀滑冰，他们和白天鹅一样好看，不会滑冰的小孩围观的时候，听着那沙沙沙、刷刷刷、咔咔咔滑冰场的动静，就自愧弗如起来。黄昏时候滑冰场上几盏高高的灯亮了起来更显得冬天又肃静又冰冷，少年们寥寥的几个还在滑，声息渐渐小下来了，突然，人全都不见了，租冰刀的小土房子门也锁上了，有行人匆匆翻过大桥，去了桥堤的另一面。

夏天当然是游泳，男孩子们一到了河边就成了滑溜溜的野孩子。女孩子洗衣服洗被单，也洗自己的头发，从前是有泉眼的，在鹅卵石滩上，汩汩地冒出水来。早就没有了那样的奇观。夏天的露天电影院长水泥凳上全是人啊，你站起来我坐下来，你吃棒冰我嗑瓜子，扫出去和山一样大堆的垃圾，散场的人发现舞厅里的镭射灯滚动得来劲，那里面的青年们跳得起劲，大约也有中年，中年倒很少，都是青年，跳得真来劲啊，这种劲头也早就没有了。

一切都是喜气洋洋的。突然有一天戛然而止，仿佛设定好的程序，到此为止，没有好玩的了，都干活去吧，哦不，不是干活，都赚钱去，做生意去。于是那蓬勃的少男背上了沉重的壳，那蓬勃的芭蕾少女面色有了凝重的忧愁。而且事情真的忙也忙不完，旅游城市，机会多得遍地都是，但也会稍纵即逝，扑过去，还要抱住，然后就是游客如织，进账如水。那戈壁上一种鹅黄色的石头又突然被称为戈壁玉，同其他的玉一样也可以打镯子雕刻各种玉器，也有人买，不仅是买了，有商家专门在许多大城市开了专营店，于是这些商家就来到了小平原上收购这玉。全平原人总动员，开拖拉机的，开吉普车的，开摩托车的，骑自行车的，步行的，越偏远的河谷里越能掘出或者捡到黄金颜色的剔透石头。没几年，就捡完了，说是整个北疆大地上的戈壁玉和玛瑙，人能抵达的地方，都捡完了。

老人们很喜欢这个消遣，又散步锻炼了，又野外游玩了还能赚钱。退休的老人们高雅地去了森林里戈壁上河谷里捡拾戈壁玉。人人家中都有几口袋，小巧的养在鱼缸里，每天看个三五回，说是养心。但是大家又都觉得眼角干巴巴，全都是为着一种欲望奋力地跳入。

于是有一天大家都怀念起那寂寥的路灯，黑漆漆的宁静，只有风声的夜路。

62 纯洁

他说他并不需要了解你的底细。他说，你的底子的好我看得清清楚楚。

不，不，你非要说给他听，一桩桩一件件，那软弱，那虚荣，那获取之心，那邪恶，一败到底。

妖鸟在小平原上一叫，你们从小就能听见。别说小平原上只有歌舞升平、洁白的奶酪和鹅黄的酥油。

那有获取之心的女子从此被打入十八层地狱。妖鸟如是诅咒。

但是妖鸟其实刀子嘴豆腐心。

那失足的少女照样做了母亲，抱着亲爱的孩子在小平原上温娴地走过，她渐渐就懂得了，路该怎么走。

她已经用进毛纺厂成为一名女工来惩罚了自己，虽然进毛纺厂也是要花钱买指标的。在那个年代，两千块一个指标，是大价钱了。但是没有指标就不是国家的工人，就不安全。

户口也可以买，大约也是两千块，没有户口就不能进工厂，连买指标的资格都没有，也不能嫁给小平原上的人，虽然是小县城，也是城，人和人得匹配，除非特殊情况，否则农村的女子嫁到城里来，机会几乎是零，所以有点心志的女子就得买户口。

然后到了 20 世纪 90 年代，毛纺厂突然倒闭。之前好好的，生产墨绿色和暗红色印雪莲花的提花羊毛毯；生产各种呢子、毛布、雪花呢灰条纹呢、毛蓝色呢。你们的母亲常常就骑车去毛纺厂的直销商店，逗留，显得很有鉴别力。

那一卷卷柔软有质感的毛呢，工艺无可指摘，来自内地的机器和内地的工程师，这洋气的小县城，纺织女工系洁白的围裙，从高大的拱顶厂房里走出来。额尔齐斯河开始污浊，灰色的浪滚滚，毛纺厂的污水排进来，北屯造纸厂的污水排进来，托洪台水电站的机器全天轰鸣，把河水也搅得不安宁，水分子也发生变化。

突然就有了“污水”这个词语，太先进了，这是内地发达城市才有的频繁出现的词语。你们其实给了个赞。人性中的恶，在你们长大后，满不在乎露出头角。

只有图瓦人的孩子，长到再老，也还是小天使。

你偏颇地这么说，其实是责备自己。

那些羊毛毯，上海的工艺，你们的母亲买来一床又一床，塞在柜子的顶上，樟脑球的味道一年四季。

然后有一天，毛纺厂没有了，那指标，究竟是何物，突然就无用了。厂房空荡荡，人怎么散去的？有没有人去闹？将来怎么活？机器怎么处理的？反正说是亏损巨大，不如倒闭。国家的企业，申请破产就是。厂长去了阿勒泰做官，级别到了，履历里的丰富度也达标，就可以升职了。

那个妖鸟诅咒过的女孩子就不做纺织女工了。她拿到了买断的钱，大约三五千，或者稍多一些。反正也是满意的。她曾经的同学有的离开小平原读大学去了，有的高中毕业进了机关，有的在菜场卖菜，孩子背在背上，有的自己开服装店，货从乌鲁木齐的大小西门批发来，那是个巨大的服装市场。于是，她也谋划起做生意这个事情来。

妖鸟不肯放过你，虽然你已飞出小平原。

不，不，你不相信他会用纯洁的心和目光对待你。说小平原上有个贩卖虫草的妇人，喀纳斯禾木满山谷里爬着挖虫草的人，大人，小孩，个个皮肤黑红，她来收，倨傲如公爵夫人，她去乌鲁木齐卖，神通如黑社会、压寨夫人。她金盆洗手不干之前的那些年，可谓风云人物，因为生得太美，多少大人物为她争风吃醋，明枪暗战，这奇怪的小平原，从来就大气磅礴。于是你们又给了个赞，这邪恶。

她趁着自己尚有风韵和姿色，中年的中期迅速收手，嫁给了一个在克拉玛依做工程的包工头，这男子无限疼爱她。

疼爱的标志就是他从来就认为她是一个好女子，虽然她是一个有着怎样来历的女子，但是在这个男子的心里，她就是好的，她也就无可奈何地嫁了。

讲给他听这些个故事，小平原上的妖鸟和被诅咒的女子，那有获取之心的女子。

他听得认真，他说他就是那个克拉玛依的包工头。他也是那个来自和布克赛尔大草原的男子，娶了图瓦女人娜仁花。他也是那个毛纺厂的女工怀里娃的爸。

于是你笑了，于是你纯洁了。

让一个女子变纯洁，就是这么简单。

童真

你对图瓦弟弟的爱，是一种童年的爱，那种童真之情，手握在一起，灵魂和血脉如纯洁的冰山水，就融汇了。

比初恋还美。

你的大姊姊，她在小平原上有初恋，虽然她不承认那是她的初恋，但是你们都怀着善意的微笑认定那就是她的初恋。

一个小平原上的男孩子，一个哈萨克男孩子，这奇怪吗？一点儿也不。他们是高中同学。虽然有哈萨克小学、哈萨克中学，但是有些哈萨克人家会把自己的孩子送进汉校。功课不会吃力，甚至还更好，为了一种不服输。这个孩子皮肤白白的、薄薄的，头发自来的微卷，单眼皮的眼睛，瘦，像是一棵小白杨，但唇角那里可以看见力量。他在一张照片里单手叉腰，穿着短袖方格衬衫，在北河的森林里，大河岸边，你的大姊姊抱着膝盖坐在草地上，他侧着身子，看着你的大姊姊。这张照片是随机拍下的，所以更自然。你的大姊姊唇边有高傲的笑，于是他“愤怒”了，看你的大姊姊的神情是要她“乖乖的”，不许总是这么无礼。是的，你们三个女儿身体里都遗传了母亲的桀骜和泼悍，外表看起来是温良的，但别相信那“看起来”。

虽然是另一个民族的男孩子，但是无知无觉，就是一个充满友好的小伙伴，怀着懵懂的纯洁的爱，去对一个女孩子好。虽然这个女孩子是

汉族，不同的文化环境，不同的信仰，不同的规矩，不同的未来。草原上的男孩子没有一个想离开草原。

男孩子有一天牵来了他最珍爱的、从小养到大的黄毛大狗。这奇怪的誓约，你们还是小小少女，怀着羞涩来到院子里迎接这个拘谨的小客人。男孩子对他的狗说，你要留在这里，从此你就是她的狗了。你的大姊姊蹲下身抚摸狗，这完胜的公主。你们从小就不惧怕任何小生灵，见到了，就要蹲下来摸一摸，注视着眼睛说话，这早已是习惯。大狗不想留在一个汉人的家里，你们这样嘻嘻笑着猜度。它绑在苹果树下，忧郁伤心，伏卧着不愿理睬你们。

从此，哈萨克男孩突然就背着书包，和你的大姊姊一起放学，来到了你家的院子，他要来看望他的黄毛大狗。这狗已经被你们霸道地另取了名字——普罗特，正在看的动画片里大狗的名字。普罗特，今天你写下这个名字，内心如颤抖的湖泊，那美丽的无愁少年时光啊。因为这狗，哈萨克男孩子在你们的心中也如亲戚一般了。不再绑普罗特，它就往东戈壁跑，它从前的家，然后你们三个就去找，傍晚还不见它回来，你们就出发了，过石灰窑、过东边的坟地，往北去，那个哈萨克男孩的家就到了，白色的围墙，干草高高垒摞起在牛圈上，你们推开蓝色的木门，他和善的、头上扎着方头巾的母亲或者穿着连衣裙的姐姐迎出来。你们问，普罗特回来没有？她们会说，回来了，刚走。或者说，回来了，瞧，在那儿呢。或者说，没回来。

你们欢快地带狗回家。或者怏怏地，或者飞快地跑，上河堤，抄小路，盼望着一进院门，普罗特正在苹果树下淡定望着你们。

那段如此短暂的美丽时光啊。因为它太美丽，所以今天你回望过去觉得它何其短暂。

然后有一天你们为了读书，也为了逃避大人不熄的战火，离开了小平原，竟然如此无情地撇下了长满蝴蝶花的院子、繁枝旺盛的苹果树、聪明勇敢的黄毛大狗，撇下了那个怀着纯洁之爱的哈萨克男孩子，毫不留情地提上红色的皮箱就走了，仿佛打了胜仗，其实败得一塌糊涂，因为欲望。

是的，你们从小在这小平原上长大，就没有分别心，怀着圣洁的爱，天下生灵你们都爱。

你们但愿有一天和图瓦弟弟在命运毫不迟疑地安排下见面，如同找回了你们失去多年的对爱的信仰。

有一天，哈萨克男孩子，不，不是男孩子了，是鼎盛的青年了，他来乌鲁木齐学习，住在大十字，那是这座城市最繁华的地方。你和你的大姊姊去看他，买了小女孩公主般的白纱裙，他有了一儿一女，妻子是一个美丽的哈萨克女子。他是一名律师了，他在宾馆里等你们，你们来了，寒暄，沉默，其实是怀着深深情谊的。你和大姊姊走出宾馆，与他挥手再见。

你和大姊姊一路走着，几乎没有说话。

你喜欢过一个小平原上的男孩子，或者不是你喜欢他，而是他喜欢你在先。在你不知道他喜欢你这件事之前，你甚至对他无知无觉。

他坐在你的背后的那张桌子上，全天下的小孩子都在积攒邮票，你当时以为。1986 年？中国发射第一颗人造卫星的邮票，8 分钱，是你走进绿色的邮局积攒的第一张邮票。然后有了集邮册，用压岁钱买来，薄膜一样的纸覆盖在整齐插着的邮票上。买来的，交换来的，别人送你的，家里来信从信封上剪下来然后泡入水里，轻轻揭下，放在木头桌子上阴干着，小心插入，当然是按照成套否或者类别选择位置。一张一张，突然有一天成了一大本。整齐严密，不成套的一定要成套。

你集邮，做家务，去裁缝店晃荡，卖布条和酒瓶，在巷子里和邻居的小孩玩电报取消，跳方格，跳皮筋。你十二三岁。

有一天你在班级门前，在课间时间里跳沙包，有一群男孩子浩荡地走过去，其中一个男孩指着你说，这是某某喜欢的女孩。

然后你再转头看某某，看那个男孩子的眼睛的时候，你发现他羞涩地不敢直视你。他竟然有着一头淡棕色的头发，皮肤洁白，瘦弱如小白杨，穿绿色的军便装，军便裤，手插在口袋里背着绿色的书包，其实很好看。

你继续你的生活，直到有一天，你已告别小平原多年，会突然想起来这个男孩子，仿佛你那短暂的少年时光因他而没有白过。

04 阔朗

他在阿勒泰地区一中读书，高中毕业考大学，蒙古族师范学院，在乌鲁木齐。图瓦人必然地要回到生养他们的喀纳斯禾木来，所以他不会去任何一个地方，那种繁华的大城市，不构成对灵魂的吸引力。这真赞。

不像他的三个活在俗世价值观里的姐姐，离开小平原，再也不回来了，坚决不回来，在霓虹灯和水泥构成的坚硬世界里，做一个硬心肠和没有自然情趣的人，是成功的标志，这谬论。

如果他肯叫你们一声姐姐，你们一定要哭，现在就哭了。如果这一天会到来，你们当然喜极而泣地去迎接。你们没有办法不爱这个图瓦男孩子，不要说血浓于水。他出生，长大，童年，小少年，你们的父亲都是看着的。就为了这样一种“看着”，你们已经把他当作自己最亲爱的弟弟了。

他会做一名教师，在喀纳斯或者禾木的小学。他打篮球，修理篮球架，把那挡板亲手换上新的，孩子们围拢他扶住那梯子，他对着孩子们笑，那笑容，哦，这健康美好的男子，你们但愿他和你们此生有缘，当你们走向他，问他，你是娜仁花女士最小的孩子吗？他点头说是的，用不防人的、明谒的笑容看着你们。然后你们说了，拿出那个粉红色塑料封皮的笔记本给他看，说你们是这个得到禾木乡政府奖励的汉族男人的女儿，你的母亲在他在禾木工作的时候照顾过他，帮助过他，你初初诞生的时候他也看见了的，你在摇篮里睡觉的样子。

这个聪明的图瓦男孩子渐渐就听懂了，明白了，但是看你们是怀着敬重说这些往事，眼里甚至都有了泪水，喉咙哽咽，不仅仅是怀念死去的父亲，也是感激一位伟大的女性，他渐渐伤感起来。

他的母亲的丈夫很年轻就故去了，他自己的父亲究竟是谁？他似乎一直没有弄清楚。有些事情不能问得太明白。去问，就是在伤害亲爱的母亲，所以就不问了。这也不妨碍他长成一名健康的好男孩。他做家务事，放牧牛羊，认真读书，出去读书，先是去阿勒泰，那大城市，后来又去乌鲁木齐，那更大的城市，他渐渐沉稳而坚毅，回到禾木，成为一名人人敬重的教师。

他明白了，听懂了，和你们拥抱了，这是礼节，最高的礼节，是灵魂和灵魂触碰了，融合了，没有任何隔阂。

天地阔朗。

65 之三

你病了，发烧，8岁，早晨起来，然后又躺下了，你的父亲用手试你的额头，让你的大姊姊去你的班上给老师请假。

你喜欢突然就病了，软塌塌地陷入睡梦中，幻觉中，无知无觉中，万马奔腾中，反正是不用回到日常中。你感到疲累。现在好了，肩头和心上都轻松，万事不用你应对，你是一个被所有人照顾的人。

你的父亲在中午的时候下班回家，给你带回来一瓶金黄色的罐头，里面是金色的黄桃和甜蜜的汁液。撬开，用铁汤匙吃，大块的果肉，你咀嚼得缓慢，慢慢抬起眼睛，感谢地看你的父亲一眼，羞涩的，因为吃了如此好的食物。他笑着注视你，问你，是不是病立刻好了呢？你听了这话，就更羞涩了，然而病确实轻了。你能够去到院子里，风浩浩荡荡从东戈壁来，穿透你的身体。你的小妹妹在你的身边，拉着你的手，你们共享了生病得来的罐头。病突然就好了这感觉，你也喜欢，也是无限轻松的，仿佛新生了。

然后黄桃罐头成了你此生的最爱，一看见，就欣喜，就发呆，就想起一个爱你的人，你的父亲。他一直在表达对你们的爱，却仿佛从来没有表达过，其实都表达了，细细微微中，全都在，后来一件件全部显露出来，当你成为一个健全美好人的今天，你一回望，就全懂了。

他是你此生第二个爱你的男人。你在某天生病了，你躺在床上静默。他推开门进来，从包里取出来一瓶黄桃罐头。你问，你怎么知道我爱这个。他说，你从前说过啊，只有吃了这个病才能好。你扑哧笑，一直笑，使劲笑。

谁说你不是公主？你就是小平原上长大的，未来的他的公主。

如果爱他有理由，这是之三。

86

弦琴

会拉二胡的父亲，他在喀纳斯禾木看见木屋里挂的图瓦人的马头琴，就立在膝头试着拉，他的微笑发自心底，他喜欢高贵纯洁的人，这是他的天性。有的人故意不保护自己的这种天性，而他从来如此坚定。他和图瓦人坐在一起，喝茶，喝酒，听他们拉琴、拍鼓、摇铃、唱歌，那呼麦，那楚吾尔吹出的天籁，那马蹄声，河流声，风从草原从松林里呼啸而过，青草在春天漫漫，那牛羊呼喊，那母亲手搭凉棚望草原，那孩子坐在高高的马背上，那女子红通通的脸，穿着花纹美丽的金色长袍，那黑红脸膛的男人不仅是无羁的牧者还是高贵的歌者……

所以他爱山上。他说，我走了。就是去山上了。他的妻问他，什么时候彻底下山？他装作耳背或者反应迟钝，于是他的妻始终没有得到一个准确的答复。

有一天，他下山来，与他的妻商量，能否拿出一笔钱在禾木买一座木屋，在那里生活，反正孩子都出去读书了，他可以在山上做一个又一个小的项目，他的妻开裁缝店，那里的人下山一趟不容易，需要有一个裁缝。

他的妻在半夜里从床上坐起来，拉开灯，金刚怒目，说，你疯了么？

天下的人都往繁华之地走，那里灯红酒绿，买卖交易，银钱滚滚，而他，竟然说要离开小平原往深山里去，甚至打算定居。

他说，我也只是说说，只是这样想想而已，你不愿意就算了。

于是他怅然睡去。他觉得自己的命运应该是这样一条道路，才是可心的，然而他没有坚持，轻易就放弃了。

小平原上你的父亲，他从来不够狠，他若狠点，命运一定会好很多。

这是他此生最后一个宏大的愿望。落空了，两年后，他离开这个世界。

上山，下山。这样的词汇，不会再出现在你们的家里了。他大约含着哀伤在天上看着你们，他说，那么你们好好过吧，不用再指责我的诸多错处。

其实他从来就没有错，生命是他自己的，别用责任压迫他。他是你们的父亲，他过得开心，才最重要。只要他开心，他去山上定居，能够用真心和情义照顾一个他爱的女人。他们好好地过日子，你们远远看着，也近近走来，都是好的。

没有什么是不可以的。

67 他

有一天，不知那是哪一天了，从初初相识到走了很漫长的路，很熟稔了，两个人，融汇在一条生命轨道上，他慢慢告诉你一些他的往事。

在年轻的时候，青年时代的末期，他伤害过一个女子。也是渐渐厌倦了，不承认，懦弱，逃开，其实是抛弃，但是从前不愿意承认，对方的令人不喜欢之处是存在的，而且，就是那种萍水相逢，身体里的轻薄和轻浮，对生命的疲乏感和厌倦，需要新的身体和精神的感觉调和一下。是的，初衷就是调和，对方却当真了，而且他认为对方大可不必当真，从最初的那一瞬时，就不用当真，当真的时候，他必然要逃开，其实就是抛弃。

他抛下了他的调和疲乏单调灵魂的这场感情的玩耍。当有一天，他的自责和对方的谴责共同掐住了他的脖颈的时候，他被击倒了。

他问母亲，妈妈，如果别人说我是坏人，您相信吗？

他的母亲说，每一个人都是好人，每一个人也是坏人，重要的是，每一个当下，你自省了，做好人，就是好人，如果只是推卸责任，心中是侥幸或者怨恨，你就还是一个坏人。

他的母亲还说，孩子，做一个好人并不难。

他对你说，如果天下的男人果真都容易犯一个错误，我也犯过，经过漫长的挣扎、悔罪和“悟”，我珍惜每一分秒的现在，在每一个现在里，做一个郑重的自己，就像草原上的人们饭前必祈祷和感恩，那样的发自灵魂深处的郑重和端庄，做到了，才能不再做心有愧意的事。

他是你生命中除了父亲唯一爱你的人，你遇见了他。他当然不是完人，他也是从罪的泥沼中走来的孤独的甚至是落魄的人。

你没有想到他正是从你的对立面走来。

然而正是他，拯救了你。

如果爱他有理由，这是之四。

66 噩梦

她把汽车从上海开了回来。车上坐着她的宝宝，她的金毛大狗，皮箱装着一路长大珍爱的小玩意，撤退回来，小平原，她的出生地。

她生得实在太美，小巧玲珑的个子，天生应该做南边的人，皮肤洁白，神情不俗。不俗究竟是什么样子，是淡定吧，也是素净，还有丰富并善良的内心。

你和她站在一起，看的人就惊呼，比下去了。那意思是你本来是美的，但是到了这大美人胚子这里，就算不得美人了。你和她互相看着，直乐。这欢喜！

你们从七岁那年相识，就再也没有分开过。虽然各在各的命运轨迹里，但是隔一年、三年、五年总能见着，拉着手，挽着胳膊，说小话，全都是内心的话，真实的现状，不在一起的时候有牵挂，会梦见对方，第二天打个电话过去，说是梦见了。

四条柏油马路很快就走完了。她得回去照顾孩子，你得回宾馆，你的女儿陪你来的小平原，你要她看看这一切，总得知道妈妈的来历吧，你温婉地对女儿说。你知道有一天女儿长大了，她会想起来关于你的一切，渐渐就懂得了你，你的好与不好，都呈现给她，这也是一种责任。

你和发小，这美丽的女人，在宾馆门前告别。

你终于问她，究竟为什么，就离了？

本来是不该问的。

她真像一块玲珑温软的冰，站在月亮的光里，眼睛清凉，头略偏，仿佛在思索，说：

他极爱吃一种叫嘎丝的东西，周末就去朱家角买，放在冰箱里，吃一个星期，再去买，后来我知道这嘎丝就是剥皮青蛙。或者也不是因为这个，反正这个就是横在我心里，过不去。让他不要吃，委婉地说了，他怎么肯听，说我是乡下人。他家里有一张羊羔褥子，是六只羊羔的皮缝合在一起做成的，他说你知道吗要保持羊羔皮的柔软就得使劲赶羊羔让它们跑得大汗淋漓喘不过气瘫倒在地来再杀死，然后这羊羔褥子就特别柔软了。

这简直是噩梦。她说，你知道那种发音，“乡兀里”“冈都”，渐渐地你以为自己果真是没有尊严的人。

嗯。两个星球的人，一个来自天狼星，一个来自金星。

她笑起来，眼角有皱纹了，但是老不老对你们来说一点儿也不重要，参照物原理下，只要你们在一起，就都是童年时代的那个自己。

69

巴特尔

当年你们和你的女儿的今天一般大，干净少年，骑单车在南河大桥头见，然后车头向西，上北河大桥，直直地向着哈巴河的方向开拔了，说是过北河森林，过大片的荒野，上一个巨大的坡，就可以看见托洪台水电站，河谷轰鸣，这伟大的工程，堪比三峡水电站，在你们当年的眼睛里。

你们三个，清风吹着衬衫，轻骑飘飘，黑色的柏油马路退后退后，你们相视而笑，擦肩而过，又追上，累了就在路边坐下来，卡车汽车拖拉机轰轰开过，牛车马车也嗒嗒而过，路如黑胶带，长着呢，远着呢。

你们终于上了那个大坡，却没有看见水电站的影子，大坡诱惑了你们，你们立刻决定去水电站，你们要享受一把自行车下大坡的刺激劲。

掉转车头，冲下大坡，衣袂飘飘，几乎七十度，尖叫，冲啊，风猎猎，头发飞起来，人只要一松开车把，就会飞起来……

飞到喀纳斯禾木山上的白云端吧。你决定叫那个图瓦男孩子巴特尔。英雄的意思。他必须勇敢，他的母亲娜仁花必须勇敢，才能活下去。

你那年在北戴河遇见的蒙古族男人，他在公元 2000 年从呼和浩特去往和布克赛尔，埋葬了出车祸的朋友。你们在北戴河休假的那 12 天，夜夜去小街上的小酒馆吃干鱼喝酒，你告诉他你的父亲在禾木山的往事，你说你不知道该不该去找一个叫娜仁花的女人和那个男孩子。一年一年这孩子已经不能叫作孩子了，他是大人了，大学毕业参加工作，是个俊美的图瓦男子了，而你还坐在这里吃干鱼，伪惆怅。

这个蒙古族男人说，应该去找。

你说，他会讨厌我吗？他的母亲会轰赶我吗？自私又愚蠢的物种，在他们的眼里。

不，他们一定会热情地款待你，因为你诚心而来。蒙古族男人说话的声音温和而款款，像最洁净的流水的声音。

蒙古族男人的名字叫锡林巴特尔。

这么巧合，是你一直认定的那个图瓦男孩的名字，巴特尔！英雄！

91 牙疼

他说，我牙疼。

他躺下坐起来到院子里、到河堤上、到河谷里、到大桥上、到柏油马路，回来躺下、熄灯、开灯、喝茶、敷芦荟肉、塞花椒捂住腮……

他终于睡着了，他在梦里对妈妈说，妈，我牙疼。对姐姐说，姐，我牙疼。

他的妈妈和姐姐牵住他的小手，对着阳光看，挑去牙洞里的瘀血，他舒服了，轻快了，微笑起来，蹦跳着玩去了。

他说，我牙疼。他是大人了，他没地儿撒娇，他瓮声瓮气，对他的妻说。

他的妻，怀着怨恨，说，你在山上的时候我牙疼犯了，沿着河堤跑，谁管我？

她的意思是，现在你牙疼了，你也知道牙疼半条命？你何尝管过我的死活！

于是他牙疼，没人帮帮他，疼得太阳穴的血管跳，半个脑袋疼，像孙悟空受了紧箍咒，满地打滚。但是他是大人了，他不能满地打滚，他最好是静默着，坐在床沿上，垂着脑袋，涎水滴到痰盂里。

后来流言四起，全世界的人都知道他在山上有了女人，一个图瓦女人，带着四个孩子，哦，不是四个，是五个，和他有瓜葛，甚至那第五个孩子正是他的。

他的妻把门关上，窗关上，终于觉得脸面是要的，然后喘着颤抖的气息问事情的真相。

他回答了，他思索了一会儿，声音嗫嚅，说，牙疼犯了，而她照顾了他。

91 悖论

乌鸦冷眼看你们，猫头鹰冷眼看你们，鹰尤其要冷眼看你们。黑熊，在树洞里冬眠，静静思索，也是一种冷眼。马儿甩着尾巴看见主人接过汗津津的钞票就厌烦。白色的水鸥不冷眼看你们，它们双双在额尔齐斯的清晨里纵横高飞，俯冲，啄鱼，卿卿我我。

只有爱情能令纷乱尘世中的困苦生灵暂时地超脱出来。

你的母亲带回来的消息。这小平原上一个极其懂得挚爱的男子，他不顾前妻临死时候发下的诅咒，去老家山西把心爱的女人和他们的儿子接到了小平原。

那诅咒无外是，如果你娶她回来，你们全都……

这前妻把成年的儿女们全部叫到床前来，一一嘱咐，要他们保证，坚决阻拦父亲和那个女人来往，更不允许他们公然就成为夫妻。

她的好孩子们都点头了，嗫嚅地答应了她，也拍着胸脯保证了。她的遗言，没有别的，只有仇恨和不甘。

抗争了一辈子。这位夫君年轻时候的相好，大家都这么说。用相好这个词语，不知什么原因，却没有娶回家。倒是和这个女人结了婚，生下七个孩子。然而那个相好竟然在老家生下了他的孩子。

于是，一月月一年年，他的老家在山西，他在小平原，他挤出任何一点儿钱，攒着，寄回山西，养他的另一个女人和另一个孩子。过去了很多年，从来不指望这辈子能在一起。

然而有一天他暴躁的妻生了重病，要离开这个世界了。这一年，他在山西的孩子都已经四十多岁了。

并不是不爱他的正妻、共有的七个孩子，和那些年清贫但满意的生活，她有那么多功劳，这里面还有情义的。

但是把妻子的后事办理了，这个退休了的，被人们称为最懂得挚爱的男子，就拖着老迈的身体，用着年轻人的心灵，回了山西。他在那里住了一年多，再回来的时候，带回来了他照顾了一辈子的女人。

他的七个孩子都没有阻拦他的再婚，仿佛这才是初婚。他的所作所为，让人们这样觉得。

他是小平原上最英俊的男人，那个时代的美男子，黑发如漆，浓眉大眼，在一个单位里做小头目，敬业勤劳，孩子们规矩家里洁净，一日三餐有章法。

都是年过七十的老人了，用着爱和义在一起，因为这个，所以不惧怕什么诅咒。

他们在小平原上重生了一场。

仿佛一切都来不及，但竟然在末梢的时候来得及了。

你们的母亲啧啧赞叹。说这个男人多么好。

你们听了，心里暗暗笑，这是悖论吗？

92 告别

你坐在夏天的灶台边，炉火已熄，剩下炭里的火光，你用一把铁钩无师自通地修补凉鞋，那时候的鞋子很伤小孩子的脑筋，很容易就坏。你用烧烫的铁钩融化断了的凉鞋后把，然后把它们黏合到一起，烫黑了，粗糙的接口，但是能穿了，于是你雀跃地跳起来，原地试一试，快乐地上学去了。

这苦恼，这苦痛，这沮丧，这生活的折磨。一个坏了的凉鞋就能让人心情沉重。你们从小就知道节俭度日，大人不主动提出来给你们添置东西，你们断断不会开口要求什么。

你们在学校里，在大街上，看见小平原上的小公主发辫整齐，花裙体面，鞋子合脚，优雅地从你们的眼前飘过，你们就忍不住多看几眼，你们不懂，那体面的样子是怎样到来并形成的，而且持久地，不变不惊，天生如此！

你们生在劳苦的小民家里，长在“兵荒马乱”手工生意人的家里，衣食无忧终于到来，却正是两个大人水火不容之时，你们收到录取通知书的时候，绝望横生，就这样告别了小平原，与它决裂，从此不属于它，不是它的孩子，从它的怀抱里出去，就再也不是它的孩子了。你们在少女时代就意识到了，而且也为此痛苦了。这懵懂的早慧和早熟。

98 大自然

夜行的火车，月亮升起在准噶尔盆地，晃晃悠悠，腾地闪一下，火车飞速，你在窗边，第一次认真注视这伟大的盆地。

黄羊依然在上面飞奔、张望吧？

那种叫黄羊票的罪恶的票券还在畅通使用吗？

你的心里还是渐渐有宽慰的，2015 年中国计划拿出巨资治理所有的水域。一个好的时代、温蔼的时代到来了，那种生意经横行人人自危的年代过去了，也不再用 GDP 衡量成功与否了，而且人人都有退休工资，这健康的时代。

喀纳斯著名的湖怪，依然时而露出微角，但是人们议论的是如何保护它，不要惊扰它，它一定是大自然最后的代言人，如果连它也残杀了做标本，人类真的就离毁灭不远了。

友谊峰的冰板人类难以攀登，只有极个别的探险队员登顶过。这也是对的，不要什么都征服，巴别塔的寓言已经告诉我们，安分守己是人类的美德。

眼看着人类就输了，但是信仰就是星星之火，对美和善的信仰，对大自然的感恩，能够挽回这大地和江湖溃烂的局面。

哈萨克女孩“翅膀”说，饭前一定要祷告、致谢，大自然厚爱人类，什么都给我们造好，什么都提供给我们，不能忘本。

大自然就是蒙古人说的长生天。

因为他们相信长生天的意志。所以无论这婴儿是否有父亲，蒙古族女人都会生下来。

他是长生天的孩子。

在人们很小的时候都会听到一个故事，说是心可以换钱，一个人就把自己的心卖了，手里拿着厚厚的钞票，换上了一颗石头做的心。他为手中的钱感到疯狂的欢喜，但是不久他就觉得非常不开心，因为石头的心是感觉不到开心的，这颗石头的心面对生活中的每一次抉择，都是冰冷的，都是把钱和享受放在首要选择上的，他暴饮暴食披金挂银，但是他一点儿也不快乐。故事的结局就是他扔掉了所有的财富把他从前的那颗心安了回来。

印第安人说，人啊，你最后吃钱吗？

唯有爱，让那伤口弥合。孩子长大，这是爱；遇见了呵护你懂你的人，这是爱；原谅一个人，把温暖公正的话语带给这个人，也是爱。

所以你的父亲，用那端凝的微笑走入你的梦中。

长生天保佑着禾木的娜仁花，有一名蒙古族男子从和布克赛尔大草原来娶了她，后来他们一直生活在一起，彼此照顾，彼此懂得，彼此敬爱；长生天保佑着你，用文字回顾父亲母亲的过去、小平原的过去和你自己的过去。

然后你起身，把长江边陪伴你的小猫寄养在小商店好心的老太太那里，就出发了，走入那必然的遇见。

2015 年 5 月 6 日 立夏 江滩

关于禾木

禾木是中国最西北“大公鸡尾巴”上高高耸立的友谊峰下的一座小村庄，被称为中国第一村。因为这里生活着中国唯一的图瓦人。图瓦人不是一个民族，但他们与蒙古人相似。不同之处在于他们有自己独特的语言，无人能懂，据专家田野作业调查，这种语言与古代突厥语有相似之处。古突厥语早已失传，只在发掘的古代石碑上有遇见。图瓦人有自己的语言，但没有自己的文字。图瓦的孩子从小受教育使用的文字是蒙古语，日常生活中精通哈萨克语，能够理解汉语，所以他们是操四种语言生活的人。

禾木村隶属于阿勒泰地区的布尔津县。与禾木村并列的另一座村庄叫喀纳斯村。喀纳斯是世界著名风景区。有“瑞士风光在中国”之称。公元 13 世纪，成吉思汗三次西征走过这里。据图瓦人世代流传的说法，他们正是成吉思汗当年的老弱病残部下，留在了这里，替大汗看守后花园。喀纳斯是蒙古语，翻译过来的意思是“大汗的水”。但是据史学家说，图瓦人在一千多年前即从贝加尔湖畔、叶尼塞河上游，迁徙至禾木。成吉思汗大军经过的时候，他们即臣服大汗，归顺为他的子民，与留守的将士一起看护大汗的水。元代，朝廷会委派蒙古官员来禾木为行政长官，管理图瓦人。

布尔津是山下的一片小平原。汉代这里就是中国的版图内容，生活

有突厥、鲜卑、匈奴。直至后来的以游牧为生活方式的哈萨克人。布尔津除了“孛儿只斤家族的草原”的意思，也有“汇集、汇合”之意。因为有四条河流在这里汇合。喀纳斯河、禾木河、布尔津河，一起汇聚到阿勒泰山为发源地的额尔齐斯河里，向西，流出中国边境，进入哈萨克斯坦国度，汇入斋桑湖，最后流向北冰洋。是中国唯一一条进入北冰洋的河流。

再回头说一下友谊峰。友谊峰四面所眺望是四个国家：中国，哈萨克斯坦，俄罗斯，蒙古国。友谊峰终年冰川累累，不可攀登，有白熊和黑熊出没。

在这样悠久而传奇的历史背景和特殊的自然环境中，图瓦人祖祖辈辈坚守他们的生活方式、礼节信仰。他们信守的是世界最初的模样。